退藏于密

耿占春　著

陕西新华出版传媒集团
陕西人民教育出版社
·西安·

图书在版编目(CIP)数据

退藏于密 / 耿占春著 . —西安:陕西人民教育出版社,2015.5
(当代新诗话 / 沈奇主编)
ISBN 978-7-5450-3643-5

Ⅰ.①退… Ⅱ.①耿… Ⅲ.①诗歌评论—中国—当代—文集 Ⅳ.①I207.22-53

中国版本图书馆 CIP 数据核字(2015)第 101794 号

TUI CANG YU MI
退藏于密
耿占春 著

出版人 黄平利
策　划 田和平　马晓侠
责任编辑 马晓侠
责任校对 袁燕燕
装帧设计 沈　斌

出版发行 陕西新华出版传媒集团　陕西人民教育出版社
(西安市丈八五路 58 号　邮编:710077)
印　刷 中煤地西安地图制印有限公司
开　本 787mm×1092mm　1/32
印　张 6.25
字　数 120 千字
版　次 2015 年 7 月第 1 版　2015 年 7 月第 1 次印刷
书　号 ISBN 978-7-5450-3643-5
定　价 28.00 元

耿占春

耿占春，1957 年生于河南柘城。20 世纪 80 年代以来主要从事诗学研究和文学批评，主要著作有《隐喻》《观察者的幻象》《叙事虚构》《失去象征的世界》《沙上的卜辞》等。另有思想随笔和诗歌写作。海南大学教授，河南大学特聘教授。

展望一种新的主体性

——读耿占春诗话集《退藏于密》

冯　强

要更好地理解《退藏于密》,我们需要一个语言转向的背景。诗歌界语言转向的版本很多,这里首先要强调的是其身体性和政治性的一面。罗兰·巴尔特和皮埃尔·布尔迪厄都看到被延迟的社会权势结构在身体和语言上的储存和承载,不约而同地得出类似"历史是人的身体的历史"或"个人性即社会性"的结论。

在前者,有多少欲望(主体)就有多少语言,强调的是语言的身体属性,他虽沉迷于语言的欢愉,沉迷于不同幅度语言带来的细微的意义震颤,但他清楚语言结构实际上隐藏了外部的制度力量,"没有外部"的"语言乌托邦"始终需要以外部制度为参照。后者从外部制度中寻求语言的效能,身体结构内化了被各种象征符号掩盖的社会结构,社会世界以此实现自身的合法化,它就寄居在制度(场域)和身体(习性)两种形式中。

具体于耿占春的《退藏于密》这部诗话,其正是把语言、社会和身体放在一起谈论的一个理由,凸显的是语言对历史和政治无意识的解构和祛魅。

基本的、切身的“自由流转或交换”是呼吸。呼—吸，词与物、言与义、观念与现实之间相反相成的间距和张力——对差异、异质和反对派的尊重——最基本的民主。中国典籍中有橐龠论和翕辟成变论，可惜未能在社会学和政治学的领域由理性客观化出来。人们在社会实践中依赖语言形成观念，观念被广泛传播，形成社会思潮并最终形成制度实践，这是十六世纪以来欧洲社会的基本演化，在那里，理性得到了公开运用。在同时段的中国，类似的一些观念虽然已经萌发，观念的生产者却没有传播思想的社会途径，它仍然像之前一样发生在私人场合，更多时候只能成就某个高尚个体的修身养性，很难形成公共性的呼吸，形成切实的社会实践功能。“观念与社会、观念史与社会运动只能相互矮化，相互抵牾，相互挫伤，而非相互激荡、相互确认。”（以下引文均出自《退藏于密》书稿）紊乱、纠结的呼吸并不自由。一个基本的原因即是中国现代性的分裂，“美学的现代性经验与历史的现代性经验处于相互脱节之中”，前者处在没有真实社会功能的危险中。

为了避免陷入“道德话语的无力”，也为了恢复点点滴滴“语言的欢乐”“再次开口说话或书写，只有从义理转向辞章，从政治修辞学转向诗学修辞学”。制度的惰性压制个体的良知之时，需要个体以加密经验和意义的方式推拓局部之善，“增加语言中的齿槽，增加那些细密的差异与刻度”，扩宽语境的层次，使诗学话语成为“政治思想的避难所”，成为“需要再次显影的文献”。诗歌与政治同时在场，两种现代性同时在场，相濡以沫，语言的诗性并不意味着其社会批评尖锐性的丧失，它完全可以是一种相互加强的关系。

在耿占春看来，“诗化语言或诗意的思想并非不能面对严酷的现实,面对非诗意的现实而以诗性思想去陈述它并产生对内心的震撼力才是值得一试的方式。”在一个难以以民主语言进行沟通的场域中——源于对自由形式的渴望——诗人不停地在多种经验与话语形式间越界修辞,而把赌注押在语言的民主上面,“面对某种现状,你被痛苦所迫去思想。从语言的可能性中,你能够自由地思想。诗学,让你去思考政治学可能不会去顾及的另一种自由。它围绕着民主政治一定会弃之不顾或会加以反对的秘密与奥义的空间。”这是语言面对自身公共性失效时重新为自身施魅的一刻,是语言转向的第二义。

“又是正面语言,又是极其沉痛的负面经验,又是二者的遭遇。我说:语言再次被清空了。正面语言终于被清除一空。这次,负面经验赤裸裸地暴露在每个人面前。”这些负面经验带来的是痛苦,是长期淤积于内心和社会心态之中的不通畅状态,医疗技术给出的往往是一种去道德化的处理却从来不会去考虑其中的政治含义。“及时自省、清除即转化负面经验,及时地将苦痛的能量导入写作行为,防止淤积的焦虑转入躯体化”就显得必要,这是“对苦痛与伤害的艺术化或诗学化”,将苦痛与伤害经验变成一种可以被感知的语言,在进入与他人(古人)的交流中得到康复。与巴尔特和布尔迪厄解构语言和历史中的政治无意识不同,对一个中国诗人来说,语言仍然可以指向一个先验的“道”或者“良知”,而历史也仍然保留了“道”的微言大义。

历史和语言为中国诗人提供了第二套呼吸系统。“我此刻仅仅渴望看见那个烟雨蒙蒙的北方大地上一个孤单的身影,在完整的山河之间穿行……杜甫、顾炎武……这些个苦寒瘦弱的身影就是历史的意义,就是苦难的意义,就是如日月一样周行而不息的‘道’的化身。”“你听见朱子一声长叹:‘天不生仲尼，万古如长夜！'你听见淤积之气缓缓地再次流动。"听之以气，也是从自己的身体中找到了历史，从个体性中找到社会性。"一个古典的思想范畴在你身内再生了：气的运行渐渐地被你的身体所感知。这是灌注于话语之中的气息，流注于精神之中的气息。气的流转赋予你的语言以形态。没有吹拂感的语言一定是气尚未灌注的、没有复苏的精神。"气是流动的间距，"苍茫无人之区"，是民主得以发生的场域，需要以自身的依稀和微弱来感知，在其中，语言悄然离开身躯，去别处游历，然后回来，重新在躯体内复活。在自身内部为陌生和异己保留一个幽暗之地，他就是他的外部。诗学上的民主是虚怀，自我悄然消逝和退隐，气息在"唯道集虚"的那个"虚"中流转。渐自苏醒过来的自我游丝般游于历史的初始经验，并且准备再次上路。此时，语言就有可能"生发出前所未有的道"。

《退藏于密》呈现在我们面前的，是一个经受了诸多负面经验，却仍然有福享受语言欢乐的夫子："我品尝到再次占有语言的享受。品尝着在无以言说之后话语能力的恢复所带来的一丝隐秘的快慰……这似乎是自我与语言相互被分享的主权，是语言与自我交互拥有的主体性。"主体的内涵被更新，"一种双重性的主体"诞生了：语言和自我双双放弃自身以便被对方占有，以便通过自我放弃在融合中再次占据，另一半主体性被自我谦恭地退还给语言——一次民主的呼吸，一次换气。

"那是一个属灵的位格：语言。你只是它的一次短暂的停顿，一次勉为其难的和临时的化身：仅仅是在你读过的东西上增加一点点已成为个人的修辞秘密的疼痛。"在不问求索的辛勤耕耘中，语言的灵在不经意间被身体触碰，肉身成道。"语言中的能量得以贮存和释放，使某种被窒息的得以浮出水面换气。”被清空的状态在语言和身体感性的启蒙下变成了“稍带空灵的空”,“一种向内成长的无限性”。对于“随身只携带语言和死亡”的诗人来说,他也可以像但丁一样提前开始他的“死亡之旅”,他没有依靠维吉尔的引导,也没有可以依靠的贝雅特丽齐,因为他有自己的理性(“理性是你唯一的势力”),知道理性的用处和缺陷,他也有自己的神灵——语言。他没有为来世永生做准备,他自觉也只能投入充满毒素的现世,这些负面经验何尝不是人间的地狱和炼狱。然而就是在这里,也仍然隐含了救赎的希望。退藏于密,既是被迫藏于制度惰性的地狱和炼狱,也是主动从制度的惰性中退步,藏于语言的神灵。帮助他,完成这一次,浩瀚的呼吸。

回顾一下,抽象推理性和感官直接性两个向度交织所构成的复调,贯串了耿占春先生的写作。横轴上,《隐喻》(1984)、《叙事虚构》(2002)和《失去象征的世界》(2008)“回应着历史与理性层面的问题,回应着历史主义、现代性、理性化和生活世界的抽象化”;纵轴上,《痛苦》(1993)、《话语和回忆之乡》(1995)、《禁忌下的叙事》(未出版)、《沙上的卜辞》(2008)等一系列札记(包括目下这本《退藏于密》)则“回应着个人的、境遇性的、偶然的命运中伦理学的主题”。与巴尔特为母亲写就的《哀痛日记》不同,耿占春需要走出自己的哀痛,走到语言的外部,关注他人的哀痛,期待制度完善之前的“诗性正义”。这是他的“自由民主的诗学”:激情和思想、感受和分析、经验和概念、中魔和驱魔相互对接、穿越、转换和呼吸,在道德与美学之间,一个能够同时改变世界与改变语言的形而上希望被保留下来。

新诗话的断片或札记文体本身是民主文体,它关注的是个体感受,是“瞬间的意识震动或依稀的意义形态”。它回避了对感受主体和置身环境的描写，所以不是小说；也回避了论证材料，所以不是论文。它关注的是小说中不能压缩为故事、语言中不能压缩为意义的因素，关注的是“思想出现时的瞬间形态和随之而来的自由的修辞活动”。既有语言表达的机警，也有历史批判精神的敏锐，超出了传统诗话的容量，可以说一身兼任诗与史，其基于身体的历史意识和语言意识处在一种诗史互证互烛的理想状态。它们看似残篇断简，却为我们预留了众多的入口和出口，我们可以从其中任意一节进入而不需担忧迷失其中，这种“非连续性”揭示了“没有直接相关性事物之间的隐蔽关系”。我们完全有理由将《退藏于密》读作小说式的论文或者论文式的小说，关键在于，我们需要发明出一个新的读者，他不执拗于旧的文体意识，可以在各种话语形态之间、在诗歌文本和社会语境之间来回往返。

“书本、话语是一种遗嘱，一种纵然一再地失败也依然不失为希望的意志。书写就是这样一种责任的秘密传递。”《退藏于密》的作者似乎不求直接启蒙别人，他启蒙自己；也不是直接宣布理念，而是感性上的“肉身成言”和反求诸己的社会学分析。他只能在时代的深水里完成心智上的呼吸，而后发潜德之幽光，为未来提供最微妙的、蚯蚓吞沙般缓慢的准备，以时间的厚度换取心灵的厚度。

2014 年 11 月 20 日谨记于桂林吊箩山

【冯强，文学博士，现任教于广西师范大学文学院】

目录

I

退藏于密

——是什么清空了你的内心？

“我的心空了吗?”外面总是下着雨，日复一日闷坐，垂头丧气大概就是这个样子。偶尔出门走路，你一路嘀咕，却隐隐意识到这就是一种话语的脆弱萌芽，在一块痛苦的巨石下：“为什么我觉得内心已经如此空洞呢?”

似乎你没有读过书，似乎你还不会思考，而且连情感也没有，连逻辑也没有。似乎你再也没有语言，语言已碎为齑粉了。

似乎这是一个语言和意义还没有诞生的原始时代。数千年语言的结晶连同你使用过的话语似乎正在被废弃，都在成为废话的碎末。

“退藏于密。”语言不为世用，退隐深藏。并非仅仅是“圣人洗心，退藏于密”，而是让语言守护着自身，使之成为有意义的沉默的守护者。——“六爻之义易以贡，圣人以此洗心，退藏于密，吉凶与民同患，神以知来，知以藏往，其孰能与此哉?”(《易·系辞上》)不是只有贤者的隐逸，诗歌及另一种话语不也是语言的隐逸吗?

古典诗学是只承认动机、意义冲动的诗学，是质疑和反对其作品的诗学。在意义的无限性与有限的语言形式之间，它相信意义的冲动，怀疑意义的外延形态。它相信意义一直处于流动状态，固定的诗歌形式应该在理解—阅读中融化。意义是作为语言的快乐，也是作为焦虑被感知的。

立象以尽言，得意忘言，得鱼忘筌，这些“非常道”说的是在完成后要遗忘和反对作品。作品是一条隐秘的通道，是抵达或企及不可企及的意义的方式。

神灵退隐说的是神灵毫无保留地说完了他的话，他似乎永久地沉默了；先知叙述完了他的圣训，再也无话可说。在最世俗的意义上，人们面对不讲道理的权力把尽人皆知的道理讲完了——这就是危险，是困境。言语行为失败之后是纯粹世俗意义上的肉身成言。

许多行为是为着完成一种表达。许多非理性的暴力行为依然是被取消的言说。

按照基督教(圣十字约翰)的说法，神在古时候对列祖或先知们说尽了他要说的话，而且他借着他的独子、借着言成肉身一次晓谕了世人之后，再也没有什么话要说，他“缄默不语了”。关于上帝沉默这个观念虽并不新鲜，却依然有当下寓意。或许这应该是上帝之死或诸神隐匿最早的依据。最高的真理陷入沉默，“圣言的无力”之后，是世俗语言的喧哗。人们为利益争吵不休。也有人为不再能够说出真理、为圣言早已陷入沉默而饶舌。

你意识到自己语言的吊诡，既非圣言，也与利益无关。然而如果不希望陷入深深的沉默，不希望陷入“道德话语的无力”处境，你必得继续恢复点点滴滴的“语言的欢乐”：在启迪与论争之间。

如果你说的话涉及最高的“道”，那就应该遵从沉默的古训。但你对之沉默的，只是人间须臾不可离的，甚至日用而不知的“道”。再次开口说话或书写，只有从义理转向辞章，从政治修辞学转向诗学修辞学。

说话在政治社会功能上的无效会使人转向对先前圣言的模仿，从论证转向启迪，然而启迪的领域早已空场。为了语言自身的效用，话语再次转向了对感性、对美学的表述。

鲁迅命运的提示：关心文本之外所有令人心焦的问题，但通过对修辞的信赖留在文学中，留在真理的非确定性和意义延迟的到来之中。文学是一种人性的现象。

耶稣最著名的嘱咐就是:“这是我的身体……这是我的血……”以后分享圣餐的人们对着麦饼和葡萄酒说:“这是基督的身体,这是基督的血。”你能否在最后的话语中说:“这是我的身体,这是我的血?”

一种话语一经说出就改变事实。一种话语什么也不改变,它说出之后,只保持着为话语自身。一种不被磨损的话语,似乎是不灭的热情所点燃并持存的奥义。最后,它改变的是事物的意义。

诗学给予你再次开口说话的理由。诗学话语是在凝固的现实面前的退避三舍,诗学话语未尝不是政治思想的避难之所,而且并非仅是如此。诗学在改变政治学:因为诗学带来了对语言与沉默富于理性的神秘主义的理解。

上帝隐匿之后是圣子的降临,圣子之后降临的是圣灵。圣灵是否就是弥散的圣子?是圣子可以被分享的部分,在所有的人身上?每一个把上帝称之为“父”或“主”的人那里,都是说不出话的圣灵的叹息。

你听见一片叹息声。面对一个人人皆感到无道的社会,但谁也改变不了，只有与之同流或避世隐居。孔子在听到避世的告诫后悲叹："鸟兽不可与同群，吾非斯人之徒与而谁与？天下有道，丘不与易也。"(《论语·微子篇》)他的别名或许就是知其不可为而为之吧。你听见朱子一声长叹："天不生仲尼，万古如长夜！"你听见淤积之气缓缓地再次流动，而没有叹息声的言说之下是一片心灵的空虚。

就像慢慢穿越山谷，你常常只能在几分绝望之后才会找到稍微有一点价值的想法。对某些想法的发现，意味着你对自身绝望处境的如实陈述。置身绝地的写作，面朝石化的威胁，面临变成石头的处境，转身。写作的载道意义早已消失了，只剩下自我救赎的意义。

我品尝到再次占有语言的享受。品尝着在无以言说之后，话语能力恢复所带来的一丝隐秘的快慰。再次意识到作为协助我生活、度过危难时刻的语言，其质地是文学性的。我难以认为语言是一种纯粹的主体，但也难以将心理学的自我及其意识当作真实的主体。我品尝到这一甜蜜：作为经验性主体或感受性主体，在自我否定、自我放弃之后，在某一瞬间通过语言的恢复作用，再次占据了主体的位置。这个主体的位置基于语言能力——一种表达的无限性和自由之上。这是主体的主权、享受与快乐意识的恢复。这似乎是自我与语言相互被分享的主权，是语言与自我交互拥有的主体性。

语言，一种无限的表达能力，一种没有界限的主权与自由，一种只承认自创的语言法则而别无其他法则的无辜，一种渴望穷尽各种可能性而没有止境的意义实践——在此意义上，诗歌话语能够支持启蒙思想——这些是我的主权的核心，是自由的核心，是意义的内核。语言，就像是我的另一灵魂。当这种活跃的语言在焦虑症式的社会性的病痛中恹然离开主体时，一个纯粹心理学的主体就会奄奄一息。

写作，就像是灵魂的一种可见的形式，是你对伴随生命内在性的活跃而亲密的语言的暂时占用。

写作再次成为呼吸，成为爱好，而非抑郁感受的表达。写作总是在抑郁与纯粹的快乐之间。

不是身体的，不是情感的，而是源于写作——一种与身体及情感共谋的、亲密的话语冲动，你感觉自身洋溢着一种别样的青春活力：一种依然不成熟、继续生长着的思想状态。这几乎是另一种无限性，一种向内成长的无限性。似乎只要你的思想在生长着，生命就会为你永远持续下去，以至于遗忘了身体会衰老，也早已忘记生命的短暂。

有必要再次考虑“感受性的主体”这一名称之下主体的内涵，自我与语言各自的自我放弃与融合。它们双双自我放弃以便被对方占有，以便通过自我放弃而在融合中再次占据一种双重性的主体，就像在爱的关系中，这是分享中的主体和主权的分享。

表达不仅是写作者与潜在的阅读行为之间的沟通，表达还包含着写作者与语言之间的沟通，就像语言是你的一个合作者或同谋一样。

写作都有这样一种特殊的感知，静谧而不安，沉静而充满张力。句子的写出需要一种敏捷与速度（“敏捷与速度”似乎已经包含着比喻，这个比喻跃跃欲试，诱惑人将之图形化，但完全不必写出）。感知的不精准与俘获句子的迟钝无法完成这一任务。“这不安是在感知的静谧中的一种侵袭。当人们尝试着在文字中与不安的袭来相遇的时候，借助一种旋转，一下子跃到无常之处，人们必须要以极其短促的节奏写下他的句子，写下这些从各个方面看来都开放的句子，为了能够进行转换。那是穿越空间的跳跃。那些掉下来的、开启的或是没有发出一丝声响的，人们没有写下来的东西，会被人们在写下来的东西中感觉到。说出来的，在对待那些没有被说出来的，必须战战兢兢。”米勒说：“我是从其他作者的文章中意识到这一点的，我是从那些书里感觉到的。那些在我读书时包围着我、循着自己的轨迹的东西，是从字里行间掉落并被开启的或是没有发出一丝声响的东西。是那些被省略的东西。”

即使在阅读迷人的历史著作的时候，也要抵御那种纵横捭阖、指点沙盘式的迷人手势，“二十世纪来临了……”这种语气中的总体叙事使叙述人俨然成为一个历史巨人。要抵御大历史语气和统计学的语言，除非这些东西被重新安装在微观的话语中。

语言是共同体的，个人只能使用它，就像自然一样。个人通过言语活动使用共同体的语言，个人与共同体的关系处在言语这个环节上。语言包含着一切沉默的和活跃的意向，语言包含着一切意义与意志的要素，语言指示了一切可能性。然而，这一切都必须经过个人言语活动才能被真实地呈现。语言共同体的一切可能性都有赖于个人的言语活动。诗歌处在个人言语活动萌发力的核心。诗歌是共同体的语言与个人的言语之间关系最敏感的一个表征，是语言与言语之间交互作用的焦点的象征。语言的存在就是为了使言语的活动具有真实性的内涵。个人言语活动的一切成果将最终归属于语言共同体,个人和他的言语最终归属于语言,并丰富了语言。语言提供了自由创造的可能性,言语则是这种创造性的自由实现。然而,无论是语言的可能性还是言语活动的自由处置,都不能借助纯粹的技术与游戏来实现,根据最不可思议的法则,言语活动的自由与意义的无限性,总是由那些将言语活动以某种秘密的方式融入个人生命与痛苦之中的人来实现的。

在理想的意义上,新闻话语详尽地、客观地报道着公共生活的一切事物,以便形成一种公共生活中的公共舆论;诗的话语尽可能微观地叙述个人生活、个人经验,尤其是能叙述对内在世界一切微弱意义的感知。

言说者的生存自由受到双重限制,社会场所的限制和对言说的限制。然而,言说者一直拥有语言下的自由,除了极端的文字狱之外,几乎没有哪一种限制能将它的控制权深入到这一自由领域,能够内在于真实的感受性所构成的修辞活动中。那里既没有仿神圣的语言,也没有普遍理性的语言。那里是通过接近无言的话语进行表意活动的场所。或许这真是限制所获得的神秘贡献:它迫使言说成为一种有意义的历险,就像它迫使那些不符合规范的人流亡他乡一样。他常常不得不有一个不同的名字，一个别名和完全不同的身份，他处在一个完全陌生的世界里，却因此不得不再次征引母语中最古老的隐秘含义，言说的意愿、隐秘的动机和理解方式之间充满失去了名字和隐没了原意的张力。然而，以如此隐晦的方式写下的一切，又都预设了一种语言下的新主体，一种被流亡、被分解之后重新凝聚的主体。这种语言活动使得他比那些总是能够直接说出一切的人，拥有一个来源于语言更深远的故乡的一个深层自我，他也因此期待着一种缓慢来临的、总是迟到的理解，那就像他的语义一样有着久远的回响。言说者以此重新拥有一种语言下的自由和尊严。

他必须言说。他必须等待理解行为最迟缓的到来，像期待一种可能的救赎时刻那样具备时间的耐心。为此，他愿意放弃服从语法规则的那种专断下的“自由”，他愿意放弃立刻的表述和回声反射似的“理解”。最终的救赎必须绕道语言，并能够在语言中获得这一奥义般的救赎。

有那么坏的状况供人谈论，其他的可能性就沦入了沉默。谈论坏事情成为人们保持无效的道德感的一种话语消费，其中的循环似乎没有人愿意冒险打破，以免陷入沉默的尴尬。语言和思想能力也一并堕落了：过于显著的谬误导致了过于显摆的话语活动。隐微的真理与微言受到了道德的讹诈而隐匿了。最坏的不只是消费化的道德话语，还有对理解隐微意义和隐微之言的拒绝。民主政治还没有实现就在利益立场之外的领域沦为虚无主义。

在传统社会，任何一个读书人，都被托付给了一定的责任。“人生忧患读书始”所谈及的大概就是这个意思。然而，读书人的一个古老悲剧是，他们不再能够单独地通过读书来承担责任。当一个人不再忧虑自己的生计而是忧虑所谓的苍生社稷或“人类社会”时，他似乎就不再仅仅是一个人。书本放大了自我意识而丝毫不怜悯书生的脆弱。书本—语言使他僭越了位置，使一个普通人要担负超越个人的责任，那是一个王位，或许是一个仁慈神灵的位格。他通过阅读—语言接受了前辈人的希望与责任的嘱托，然而他根本没有那种权威和那种力量用以完成这种被托付的责任。书本、话语是一种遗嘱，是一种纵然一再地失败也依然不失为希望的意志。书写就是这样一种责任的秘密传递。然而从历史的这一端看过去，从周文王、孔夫子到晚明独抒性灵的倡导者，阅读与书写也在做着一种逃避和偏离：把阅读与书写转变成一种快乐，把责任降低到自身的快乐或“语言的欢乐”，这是他的自卑自谦，也是一种摆脱自身命运悲剧的计谋。

事实上，任何一个知识分子的责任意识都不是他一个人的意识，其中语言的意识远远大于其个人意识。你只愿意承认你是话语的一个临时化身，“完成”意义的临时聚集。把语言放在那个致命的和神秘的位格上，而不是把你自己：既不是你的犯有小罪和痔疮的身体，也不是同样脆弱的心理学的自我。它们都不配那个担当苍生社稷的位格。那是一个属灵的位格：语言。你只是它的一次短暂的停顿，一次勉为其难的和临时的化身：仅仅是在你读过的东西上增加一点点已成为个人的修辞隐秘的疼痛。

想象杜甫——他人在受苦，他写作；战祸四起，他写作；他一生颠沛流离，他写作。

写作：直至从传至久远的媒介中锻造出一个民族的良心，直至针砭时弊的、切肤之痛的话语在世界颠覆百度之后依然有效，是在那些词语被使用了千年之后依旧能够干净地归还给一个民族的道德的学童。

一个写作的人有双重的生命和双重的死亡。因为语言，一个人能够在死后复活或开始成长。最常见的是，一个败坏了语言的人死于他自然生命结束之前。

分类学、抽象概念、意识形态，都是在对一切活跃的、流动的事物进行切割、打包、贴标签，将活跃的固定，将流动的冻结。

文学、哲学、诗歌，这些都是社会分类学中一些较小的格子，它们处在自身被划定的格式里。其中也像其他大格子一样，被配置了相应的权力与利益。接着，每个人自己再分类得更加细致，你属于中国文学，而不是西方文学，属于中国文学的现当代，属于现当代中的一个小格子。你进入小格子间，固定在那里。凝固或冻结在那里，符合一个给定或预定的模式。你就是规范中的一个合格的物件或更轻的：一个分类后归档后的数据信息。思想在分类学中消失了。思想、情感、感受的喧嚣与躁动消失在大大小小细密的格子里了。思想的巨人被分工雇佣的知识集体谋杀了，再也听不到他在创始时刻发出的有关认知的狂怒之声。

噪声是一种寄生性的“事物”，噪声意味着有许多事物正在运动或活动，噪声是一个运动着的世界的背景声音，新闻与信息就是这一噪声现象的显现。没有这一噪声背景，意味着只剩下意识形态宣传机器的噪声。

主旋律是一，噪声是多；群众是一，每个人是多。抑或相反：一是一个人，而群众是多；海洋是一，海浪是多；灯是一，火是多；燃烧是一，浓烟是多；规则是一，游戏是多；概念是一，经验是多；生命是一，死亡是多；种子是一，结果是多；上帝是一，诸神是多;父亲是一,儿子是多;灵魂是一,身体是多;爱是一,欲望是多;幸福是一,不幸是多;信仰是一,怀疑是多;安静是一,躁动是多;真理是一,谬误是多;现实是一,梦想是多……然而某个时刻,一切又会突然倒错过来:谬误是一,真理是多;梦想是一,现实是多……

我们心里需要多少个“一”,我们的身体又需要多少个“多”?我们需要多少真理多少谬误,多少希望多少失望,多少云雾多少晴朗,多少失眠多少梦幻,才能在一中见多,在多中见一,才能知道一切的混合就是我们自己?有时一个人小于一,有时一个人就是多余的多。

日常交流中,人们会尽量清除言说中的多义性、歧义性与语象所产生的噪音,使之含义清晰。然而诗歌却沉浸在语言的噪声背景之中,保留并利用歧义性与多义性、音义的游戏性,增添着语言中的“象”,以增强语言和意义的阴影部分,强化语言的背景噪音。诗歌语言是因背景噪声而颤抖的语言,是纷繁的歧义而飒飒作响的语言,是一种尚未获得明晰话语形式的意义的原始颤动。与音乐一样,它不是寻求以纯净的旋律与节奏来完全清除噪声,而是组织噪声,把噪声融进声音织体。诗歌话语确立了这样一种言与义的关系:其是一种并不企图清除无意义的背景功能或语言的背景噪声的话语,就像我们虽然一直转换着我们经验中的意义,但并不彻底清除或否认生命中的无意义感,因为无意义的感受与生活中的背景噪声同样是真实世界的一部分。

书，最终不是把发生在书外的一切照搬到纸页上，这是新闻信息所做的事情，书是呈现语言自身圣灵一般的生命力的场所。书不是由死的文字构成的，而是由永恒的风吹拂而成，奥义在其中呼吸。书是为语言的呼吸而存在的，书是为超度个人的生命而存在的。

写作中的断句，使用短句子，跨行——表示停顿，表示留下一小片寂静，表示这里是安静。有时候，停顿的地方是眼泪。有时候，停顿的地方是拧断句法结构的愤怒的碎片。也有时候，停顿只是为了遥远的背景音乐，表示轻轻地呼吸，一种普宁式的呼吸。你懂得语言中的音乐，其像心间吹过一阵奥义的风。

更多的停顿，直到仅仅使用词语，而非句子，表示更深的断裂，意义之链的断裂。或许，停顿显示了非连续性的相关性。

一把磨掉了齿槽的钥匙能够插进所有的锁孔，却打不开任何一扇门。一种磨损了差异的话语能够在所有人面前重复回响，但不会有任何真实的交流。增加语言中的齿槽，增加那些细密的差异与刻度，寻求唯一的意义之门。

政治学让人思考什么是自由，诗学让我获得自由的思想。面对某种现状，你被痛苦所迫去思想。从语言的可能性中，你能够自由地思想。诗学，让你思考政治学可能不会顾及的另一种自由，它围绕着政治一定会弃之不顾或会加以反对的秘密与奥义的空间。

诗学，它不反对社会伦理情感或道德，但也不受任何一种道德的勒索。它比任何一种道德都多出一种道德：自由思想的道德，前思想自由感知的道德，即保持着混沌和非确定的时刻所具有的生成性力量。

阅读任何一种宗教的经书都会知道，神灵与先知精通语言的音乐。他们通过语言的音乐找到奥义并避免粗俗的解释。

表达上令人屏息的、迫切的、生疏的修辞，它没有教义的根据，没有母语的自明真实，这些，意味着它处在语言的流亡状态，它只能在自身的痛苦中扎根，从深处直接汲取含义。

Ⅱ 论负面语言

一个人的内心自我与他能够自我感觉到的自我表象之间，有着一种可以游戏的距离。每个人或多或少都意识到这一距离。这一距离，要么是他“游于艺”的空间，一个游戏的自由空间，要么是一种被轻微意识到的分裂感。

注释传统保持着知识的绝对主体性：只有被注释的经典才具有真理或知识主体的位置，注释者并不僭越这一位置；阐释活动尽管表面上也是面对着先前的经典，然而阐释活动允许阐释主体参与经典意义的制作，即允许阐释者成为意义的生产者，成为意义的阐发者。尽管阐释者也将经典作为前提，但在阐释活动中有一种知识主体的转移：阐释允许并必须把认知主体从经的制作者转移到阐释者身上。阐释通过赋予原文以不同的理解而将自身的阐释话语融入原文、原意，而注释者不会僭越原文或原意。某种意义上，阐释者就是离经叛道者，而注释者在知识动机上就是一种原教旨主义者。

写作中的两个向度、两个主题的交织，构成了“理性”与“感知”的“复调”。这是写作的两个最终或许交织在一起、或许最终背离得越来越远的线索：隐喻—叙事虚构—失去象征的世界。这一主题回应着历史与理性层面的问题，回应着历史主义、现代性、理性化和生活世界的抽象化。这些著述的主题亦在一个较为抽象的层面展开，即在语言、修辞、思维及其自身的隐喻与象征表达中展开形式。这些主题回应着一种历史性的，然而却较为抽象的理性认知。

痛苦—话语与回忆—禁忌下的叙事，尤其是札记系列回应着个人的、境遇性的、偶然的、命运中的伦理学主题。这一系列持续地回应着一个人的“地方情境”、主体的持续在场及其伦理的观察。这是一个感性的、感知的和经验性的领域，一个受难的领域。感知即受难。比起在语言、符号、象征领域所展现的较为抽象的观察，经验领域的叙事具有更重要的认识论意义。这一线索一直潜在于学术话语之内、之间、之下还是之上？无疑，如果不把隐喻—叙事—象征置于这一经验语境，则会失去其理论相关性及其应有的洞察力。

写作的两个主题的另有一种表达方式：改变世界与改变语言。在道德与美学之间，还有另一个二十世纪九十年代出现过的表述，即“一场诗学与社会学的内心争论”。世界和语言，道德和美学，诗学和社会学，换言之，理性的抽象和地方情境的感知，是两条不同的轨迹构成了交叉、并列、相互交换或重叠呢，还是同一条轨迹的分岔、同一条轨迹的弥散？

隐喻—叙事—象征，设置和想象了一种“历史哲学”，即对一种具有普遍意义的历史观念的认知，即使它旨在批评与质疑这一历史哲学；痛苦—话语与回忆—卜辞，则描述了一种“瞬间哲学”，它是独一无二的个人生成的时间。就感受、感知、感性经验而言，后者无法把“历史哲学”作为一种经历或真实经验，人们只能抽象地或想象性地观察它，更多的是一种理性的虚构，即思想的虚构。

诗学思想，诗意话语，诗性思维，这些并不罕见；社会学的思想与批评亦非罕见，但诗意话语并不丧失其社会批评的尖锐性，诗化语言或诗意的思想并非不能面对严酷的现实。面对非诗意的现实而以诗性思想去陈述它，并产生对内心的震撼力，才是值得一试的方式。

思想，尤其是感受力会陷入地方情境或当下环境，似乎不再能穿越它，不再能看见历史的视域。当感受力陷入当下的地方情境时，似乎没有走出的路径，没有地图，不知道障碍物、陷阱、迂回的路线，只有一个情绪化的感知者。或许，抽象的认知、理性的认知力在介入感知与表达时刻，提供了空间的感知与穿越的路线。

抑郁或许就是感受力陷入了地方情境，抑郁就是在当下情境中感知的遇难，它看不见“历史哲学”的维度。

知识小贩和“谋生的学者”害怕越界思维，害怕地盘被他人侵占，因此他们像保护自己的私有财产一样维护知识的“客观性”，而思考的头脑，要寻找的是精神生活的共同点。一个人在精神生活中所获得的东西也是为其他人所获得的。只有“谋生的学者”和知识小贩才是为自己劳作。

一个人需要实现更有预见性的内在转变，才能成为历史过程的见证人。他必须是一个自由的人，即他必须具备运用自身的理性能力，意志坚定，能够将内在的意义投射于“宏大”的客体，投射于对实践理性的阐释，又能够收回这一投射，在纯粹理性的意义上保持与客体世界的批判性距离。

如此矛盾的感受，人的内在性、主观性、意愿与意志是如此支配着世间万物，即所谓心外无物；而人的内心又是如此脆弱，始终处在失去其自身的危险中。

思想就像激情，其本性是挥霍的、流溢的、丰沛的，无法被精打细算，无法被簿记式地处理。

重视生命可能进行的写作上的转换和它们的节奏。在间歇和非连续性中，以快捷的断片话语穿越未明朗的现实地带，频繁地和反复地穿越它，像席勒说的，“以小额现款”较快地兑换出现在这个视域里的经验。亦可借助诗歌的形式，创造内容所缺少的一种丰富性。如果说著作寻找对一个历史性的世界进行观念性的简化，寻找一个简化的观念王国的图景，断片写作则能够“为微小的产业寻找多变性”。

注目于一个宽广的经验领域，从经验世界中提升一大批概念，借助经验性的观念进行细节表述而又不失其经验全景概览的手段。最重要的：让他的情感、感受力为知识话语和知识活动进行立法的独立性。这就是说，他一直致力于对自身的一种训练：让感受力如此地贴近知识，让情感如此地靠近思想。他的激情，并非仅仅来自一般的情感领域，而是来自思想。激情在他那里已经是某种思想性的东西。对一个思想者来说，如果其思想没有激情，那么他的思想就只能永远是二手货。这里意味着他对知识进行“主观化”，但前提一定是他的激情预先预示着关于现实的认知。

诗歌与其说是作品，不如说是事件，一种不断发生和连续发生的事件。借助感知和想象，借助语言和表现，通过表象世界，使生活的意义得以发生。

一首诗的细节与形象清晰地呈现，而诗的语境和整体性却渐渐隐匿于无边无际的世界。事实上，日常事物的存在背景正是如此。一个人也是如此：他清晰的个人形象消隐于不为人知的内心和他所身处其中的社会。

在思想话语中如何使用经验与记忆始终是一个问题：过分迷恋已形成的文本、已有的叙事，而不能充分考虑已有文本与其语境之间的各种错位关系、谎言性关联，或不能充分考虑意识形态对当时文本或叙事之间的支配性作用，或对没有直接经验的人的客观研究的隔膜之认知而产生的海外学术膜拜，这些都造成了对最具当事人叙事能力的遮蔽。一个人对所处社会与时代的感知（除了数不清的细节、经历与记忆，数不清的人物、事态与事件，应对社会的各种心理的和实践的技能）以及长期身处其间的人对这个社会与时代的“模糊的整体”的感知，这二者都是局外人难以获得的经验，是形成判断所无法一一印证的依据。

世界存在着两种不同的思想倾向：关注个人化或个人被

主体化的过程，或者相反，关注非个人化或非主体化的过程。一种社会伦理尤其是现代的政治伦理建立在个体被主体化的社会历史进程中，一种宗教道德植根于非个人化的方式中。后一种思想倾向具有自身古老和多元的传统，道家、佛学和前苏格拉底哲学都属于这一带有秘传性质的思想传统，用阿纳克西曼德的神秘箴言来说，就是个体通过返回产生他的整体中，赎完他是一名个体的罪。不言而喻，死就是这一最终的、完善的赎罪形式。

负面经验与正面语言之间的分裂有没有直接延伸到我们所谓的学术语言？这是一个明显的难以回避的事态。“文化大革命”结束后，一种反思方式就是继续以“正面语言”表达“负面经验”与“负面记忆”，另一种方式就是借用学习他人的语言间接地表达难以处理的负面经验。在二十世纪八十年代的浪漫主义与主体性的语言中，这也是一种“正面语言”，因为浪漫主义的语言难以表达我们自身的经验。浪漫主义的语言和主体性话语之所以得以在我们内心流布，是因为它是我们的主观性，是我们的渴望和自由意志的某种间接体现，但依然是间接的语言，依然是正面语言。其实连启蒙话语对当时的经验世界也是一种过于正面的语言符号。因为过于浪漫，过于主观，而很少能够携带我们自身的经验与感受，我们的负面记忆和负面经验依然被迫沉默着。我们的负面记忆被封存了。这次是在我们自身制作的浪漫主义话语、主体性思想话语、内在性话语之下，在诗意语言和诗性话语之下。

负面语言开始生效的时刻，负面语言开始在内心扎根的时刻，意味着对长时期个人与社会负面经验的表述能力的增长，驱逐了正面语言对真实经验与记忆的操纵。最主要的是，负面语言是否能够承担起对意义的表述，是否能够将之转换为诗学和思想的资源。

日常语言的逻辑尽可能将错误、不准确、迟疑和噪声排除在外；诗歌话语则相反，它力图恢复话语的背景噪声，一种语境、生命、事件，以及伴随的迟疑、含糊、间断、歧义、灵感、偶发的意义等。诗歌话语秘密地建构真实的话语形式，将之还原到交流的节庆景观中去。

最重要的是懂得怎样使用你的负面经验，把疏离感、沉默、悖谬等不利感觉转换为你特有的语言资质，变成一种能够描述负面经验并解释你身边世界的更加尖锐的方式。

对于一个被正面语言所教育的孩子来说，自童年时代起，他自身和家人所遭遇的痛苦最早“扰乱”了这套正面话语，他熟悉的几乎所有农民所遭遇的贫困、疾病与种种不幸，早已不动声色地扰乱了冠冕堂皇的意识形态话语。而要能够对这一分裂做出回应，他还需要经历许多年痛苦的思想训练。

曲调比词句保持得更久远，意味着曲调的创造比词句更缓慢，像结晶物一样有一种时间的结构。当词句中蕴含着自身的曲调时，就是话语为自身赢得了一种时间。

文化中有一些易逝的东西类似于词句，也有一些凝结为更深刻的形式的东西，成为文化和思想中的曲调。

地球上最具普遍性的语言是音乐。不同民族之间的音乐语言是最具有沟通能力的。音乐，据说对动物和植物都是有效的信息。如果有跟外星人沟通的时刻，打破恐惧和隔膜的一定也是人类的音乐语言。在一个人不知道自己想什么的时刻，在一个人状态恍惚、疲惫和无意识浮上意识表层的时刻，在厌倦了一切语言、观念和词句的时刻，音乐也是唯一能够进入我们内心的语言。你只能以大脑去理解语词，但你能够用全部身心去聆听音乐。

什么是语言中的音乐？诗歌当然就是语言的音乐形式。但这句话没有说出答案，只是一个问题。

现实具有可怕的非现实性的一面，构成了现实中不变幻象的物质，以及构成了现实性的流动过程的一面。

记下内心感到震颤的思想与情绪，并让意识氛围的、社会语境的基础和幽暗的背景变得生动。

通过修辞，通过特殊的思考方式，是否能够使禁忌变得无效，并继续谈论被禁止表述的思想？修辞越界的能力应该远远超越话语的禁忌。它们根本就不在一个思想层面上。有如巴赫金之于现实主义，陀思妥耶夫斯基之于尼古拉一世。思考和写作，就像没有任何规范，没有任何先例，但却一直在暗中寻求自身的法则，并最终使权力的控制无效，把禁忌顶在头上并僭越了它的每一项条款。

早期的写作中，你企图寻求时间上一动不动的东西；而今，那些标志着一个日期和一个地方的经验表述更值得寻求。

这是一种回归，是回归到从未抵达的地方。抽象的哲理远没有思想的细节更迷人。

古典的写作观直至近代都是悲剧的、严肃的、目的论的、道德的和政治的。比如，王阳明对写作中辞章的轻贱，对文辞的菲薄，对载道之外的文字不惜付诸火刑的激烈态度；黄宗羲对小说、个人诗文也持赞成付诸一炬的严肃立场；章学诚对以诗歌为主的私言也持极深的反感态度。直至晚近的古典思想史所体现的写作观，没有对文本自身的充分认知，没有对文本自身的喜悦之情的肯定，没有对文字和文体意义的肯定，尽管古典诗歌与诗学传统早就在反抗着这一对文体、形式和文字韵味的道德判决，甚至就在他们或许暗自享受着义理之外运用辞章的快感的时刻。但就我们自身的思想传统而言，恰恰是这些对唯美的文体与诗学进行宣判的人，参与了近代审美传统的建构，直至对这些违规的话语确立起一个新的美学准则。以诗学之名，一种艺术形式、一种话语形式才得以抛弃通常是道德教化的功能及其“内容”，仅仅以形式的伦理即美学的伦理而肯定自身。

对修辞的敏感性，对文本、文体及其形式的敏感性，极大地提高了文学和诗歌自身的价值。后者则在看似彻底抛弃了伦理意义的地方，从培育人的敏感性这一角度再次拥有了文学所放弃的属性，并将之与其相反的属性协调起来。

以典章制度的制作为目标的写作，以“文以载道”和道德教化为目标的写作，提供的是权威文本，是特权化的写作；美学化即感性化的写作解放了身心。美学的文本，注重文体、修辞与辞章的写作，是民主的文本。

美和艺术的感性经验被视为对“礼乐”的威胁，“听乐而震，观美而眩，患莫甚焉”(《国语·周语》)，夫子则要求“乐而不淫，哀而不伤”。尽管文化之间存在着巨大的差异，基尔凯戈尔的引语则同样表达了对文化之间相似的疑虑：“那么，理性本身被施过洗礼，激情都是异教徒吗?”

一个朋友把这些札记称之为“抒情的社会学批判”，我欣然认同这种赞誉。抒情的或诗意的，和社会批评似乎是一个悖谬的说法。为什么只能是投枪匕首的批评呢？况且，知道自己的批评不是导致行动的那种理论，它将自身保持为一种“写作”，一种“文本”或“话语”属性。“文”不仅是载“道”的一个工具，文亦有道，这是文自身的道，就像修辞自身的真实性会发展出一种特殊的思想诚实的品质一样。

修辞学是你的护身符。自然，一个人在面临厄运的可能、驱逐和回避邪恶的东西时才需要护身符。

是愤怒将不纯粹的东西抒情化了吗？是受伤的道德愤怒将混杂的东西纯洁化了吗？在思想观念被权力立场扭曲的时候，思想的激情就是救赎思想自身的力量。

修辞构成了不同于形式逻辑的另一种话语逻辑，不是是非矛盾、辩证和统一性的逻辑，修辞对应的是歧义、多义、转义，是转折、断裂、沉默，是非连续性和非统一性，然而又通过“相似性”使不同领域的事物发生了拓扑学式的关联。

问：“作文害道否？”曰：“害也。凡为文，不专意则不工。若专意，则志局于此，又安能与天地同其大也？书云：‘玩物丧志’，为文亦玩物也。吕与叔有诗云：‘学如元凯方成癖，文似相如始类俳。独立孔门无一事，只输颜氏得心斋。’此诗甚好。古之学者，惟务养情性，其他则不学。今为文者专务章句，悦人耳目；既务悦人，非俳优而何？”……

曰：“人见六经，便以为圣人亦作文，不知圣人只摅发胸中所蕴，自成文耳。所谓‘有德者必有言’也。”

曰："游、夏称文学，何也？"曰："游、夏亦何尝秉笔学为词章也？且如'观乎天文以察时变，观乎人文以化成天下'，此岂词章之文也？"

（《二程遗书》卷十八）

——问题过时了吗？或许这依然是一个特别值得回应的批评。

阅读孟子、朱熹、王阳明……似乎是寻求某种中断了的连续性，在某个决定性的历史时刻所发生的"圣职"中断后，从你自己的写作位置与圣贤的祖述以及更原始时代之间，寻求愈来愈模糊的相似性，寻求"是"的延续与变形。而这些连续性，相似、变形的延续自身都又布满了难以抹平的"裂隙"……或许能够从"裂隙"或"中断"里涌出你的叙述。

同样的语言，升起一种归属感。异样的语言，升起一种放逐感。归属感仅仅是意识到离开归属之地的无限遥远，放逐感则是尚且知道你是从哪里出发，或早已离开的地方。

古典，是一笔财富，也是一笔债务。不可能只拥有一样，事实上只能同时背负它们。一种身份的赋予，一种身份的剥夺。

隐喻话语是语义的层叠，是词语之间的相互投射，是词与物的多重投射，是一个范畴（领域）内的话语在另一个经验领域里说话。隐喻话语在一种属于其他领域的地方不可捉摸地运行。隐喻话语摘下了客观的知识面具，或模糊了自身的知识领域。以知识面目出现的学科，不仅要限制对隐喻话语的使用，而且希望封锁这一知识领域的边界，防止那些修辞越界者以隐喻话语进行僭越。

并不是全部思想都要付诸行动，并不是思想的全部价值都在于付诸行动。思想必须保持为思想。思想，就像感知、感受、情感、意识等等一样，具有自身生存意义上的价值。思想，就像情感与感受力一样，表明这一生物的属性。而行动或事功，则是很有局限性的，且陷阱密布。没有行动、脱离行动的思想固然可疑，然而脱离了思想的行动、没有思想的行为更为恐怖。

提升你的语言，在一个纯粹世俗的世界里，致使其产生神圣化；提升你的文，致使其自身生发出前所未有的道。不要指望不断深化你的思想，而要深化你的感受力，深化表述它的语言，致使其溶解、结晶，获得异质的含义。舍此，你的写作将会终结于软弱无力。

晚期是一条走向无限的路。死亡通往的是无限的方向。晚期因为自为规范而成为一种无限，成就一种前所未有的自由。晚期因为没有已界定的目标，没有规定的道路，没有功利目的，而成为一种渐渐绝对的自由时间。晚期是可能性的彰显。

“七十而随心所欲不逾矩”即包含这一洞察。随心所欲意味着对规范的超越，不逾矩则意味着他已经抵达了自为法则的境地，意味着他的随心所欲业已成为天性般的为自身立法。

神秘性总是意味着一种模糊的希望。希望越渺茫，也就越是表现得神秘，神秘也就沦为一种虚假现象。

神秘的事物不是指奇迹，不是指纯然不可思议之物。神秘的事物是将理解力带往自身边界的力量。没有心智的极致也就不会抵达神秘之处。这是一种高处的深渊。

Ⅲ 论负面经验

耶胡达·阿米亥在《开·闭·开》第十六节中这样阐述“精确的痛苦，模糊的欢乐：渴望的迹象无所不在”：

精确的痛苦，模糊的欢乐。我在想，
人们在医生面前描述自己的痛苦是多么精确。
即使不曾学会读写的人也是精确的：
“这儿是抽痛，那儿是绞痛，
这儿是挤痛，那儿是烧痛，这是刺痛，
那个——噢，是隐隐作痛。这儿，就在这儿，对对。”
欢乐总是模糊的。我听到有些人
在成夜的寻欢作乐之后说：“真是太棒了，
我开心得快升上天了。”即使抓着宇宙飞船
飞到太空的宇航员，也只会说：“太好了，
妙极了，我没话可说了。”
模糊的欢乐，精确的痛苦——
我想用精确的刺痛，描述幸福和模糊的欢乐。
我在痛苦中学会了说话。

痛苦果真如此精确？除了身体的病痛之外，痛苦的可交流性未必如此精准。要说清楚痛苦及其原因，并非一件不需要发展其体验与表达的事。

激情、道德感受乃至社会伦理情感，滑入了疾病的领域。那些被社会和个人所压抑的激情与道德情感，没有正当的、合法的和受到政治鼓励的释放空间，进入了纯粹个人的感受范畴，在被体验时它就是一种负面性的，诸如内疚、挫折与失败感。一个人无法长期承受这些负面体验而转入躯体的病痛状态。

“事实就是体验。”然而体验有没有改变“事实”？存在一种持续发展着的体验能力。这一体验伴随着文化、艺术和文学表达的过程，伴随着感受力、感知力和想象力的发展，一致的事实在有着文化差异的文化模式中存在着差异，在彼此不同的个人体验中显得千差万别。事实通过体验方式暗含着一种先在的理论或价值意识。是否存在着观察、记忆、体验世界的某种统一性？作为人类社会，作为一种文化和文明，人们一定在寻找这种一致性或统一性；作为对可能性、对希望的寄托，人们又一定在寻找被忽略的异质性。如果考虑到表述体验的语言及“记录”观察与记忆的话语形式，一致性就得让位于异质性。但依然显得重要的是，对相似事实的不同感受与其表述之间毕竟存在着交流的可能性，存在着体验的可交流性。

“人类思维最伟大的力量之一就是一种排除或者压制可能性含义的力量。与生产含义的影响力比起来，这种排除或压制力量本身较少被关注……（但是）这种一致性并不是永久性的，也不是内含的：意义是可以被控制的，并且聚焦于一个具有类似思维的群体之中，但是言辞中那些被排除的或者剩余的含义仍然是潜在的。它们有可能被协定或者职业‘合同’之外的东西带到表层而使用，同时也会有未来那些受新的历史序列干预的读者来发现和使用它们。”

被压制的、被忽视的，是个人和少数群体、弱势文化模式生产含义的力量。通常，后者有一个进入合法性的名称，即艺术。个人和少数群体生产含义的能力被审慎地、欢欣鼓舞地画地为牢为审美领域。

一个社会文化系统所凝聚的意义、遭遇的分崩离析，使个人的生活目标无法继续进行必要的参照而产生焦虑。意义模式或文化的象征图式的解体，注定要由社会与个人承担其不良后果。

在读到下面这段描述时，我意识到自己曾经以一个病患者的身份表达过这样一种从心理的、道德的和精神的层面向身体转移的痛苦，描述过痛苦发生转义、隐喻的方式。“在许多非西方社会，躯体化（个人和个体间的苦痛通过一种生理疾病的习惯用语表达出来，包括在此基础上进行的一种求医模式）已经成为生活苦难的一种首要表达方式。也就是说，个体经历了严重的个人和社会问题，却通过身体这一媒介来解释、表达、体验和应对这些问题。个体的损失、所遭受的不公正、经历的失败以及冲突被转化成关于疼痛和身体障碍的话语，事实上是一种关于自我以及社会世界的话语和行动的隐喻。身体调节着个体的感受、体验以及对社会生活中问题的解释。精神疾病就是一个显著的例子。”（凯博文·苦痛和疾病的社会根源.[M]. 郭金华，译. 上海：上海三联书店，2008:49.）

事实上，苦痛与疾病难以被局限在医患关系上去理解，也难以在医患关系中被消除，这是医患关系中最令双方感到失望的状况。精神病学的症状，如抑郁、焦虑等很难通过医患关系的干预得到真正治疗，真正强有力的，是工作、家庭和其他社会问题上的转化因素。在一个注释里，一位医生谨慎地表达了他的医生生涯之外所必要的哲学直觉：“当中国的精神医生使用这个概念的时候，他们指的是在中国大陆进行的一种非常简单的、高度指导性的、支持性的治疗，强调建议、道德劝诫和谈心。正如我们已经指出的，学习这个概念传递了完善个人性格、改变个人想法、发展自我控制，并且进行自我批评来改善一个人的态度和行为的儒家观点。中国精神医生说到精神治疗的时候，通常指的就是谈心和学习……中国精神医生期望能凭借这种干预弄清患者问题的根源和本质，发展患者的社会良心和动机来改善自我，把患者重新整合到社会群体（家庭和单位）中去。这个概念与西方强调个人化和个人探索的精神治疗概念非常不同，但是却与中国有着千年历史的社会中心主义的价值取向相符合。”或许，二十世纪八十年代初期，在国内工作的外国专家所被给予的社会环境与信息的封闭性，使他难以完全理解他所说的“谈心”和“学习”的完全的含义，与其说是医学治疗，不如说是一种意识形态的规训。“谈心”与“学习”在社会语境中，不会祛除精神抑郁和焦虑，相反，在此种地方情境或社会语境中，抑郁和焦虑就是“谈心”和“学习”的灾难性后果之一。以医生面具出现的治疗，实质上依然是社会控制性的手段，或许医生的说服力仅仅在于其身份与面具，以及他所能够使用的干预苦痛与疾病的某些身体化的专业词汇。医生所能够做的只是在社会语境中对患者所做的事情进一步固化，是对疾病与苦痛的谴责与纯粹否定性的描述。或许，比起精神分析学，其欠缺把痛苦升华至精神层面的苦痛的表达，更不要说疾病与苦痛的个人道德与精神价值的正面含义了。因为在这个长期的社会语境中，只有尚未完全放弃个人思想、没有完全放弃个人理性怀疑精神的人，才可能更深地感受到精神上的极度不适，感受到抑郁和焦虑，以及自我认知的分裂与社会认知上的深刻冲突。而个人意识完全被意识形态化了的人,或者麻木不仁之人,才会“极其积极健康”地适应压迫性的社会环境。在不人道的社会环境中,每一种精神疾病都打上了社会压力的标记,每一种苦痛与焦虑都含有个人受挫的道德印记,而所谓的“学习”与“谈心”,还有针对每个人的“学习班”,都只是在进一步消除个人苦痛的道德合法性与合理性,是对个人的进一步去道德化,是对个人精神生活的进一步贬低与伤害,直至其彻底屈服或麻木,或把普遍的社会反常、普遍的非人道化视为个人与社会常态。意识形态化的“学习”与“谈心”不仅与西方强调个人化、对个人精神探索的医学回应不同,与儒家的学习、反省也只有形式即词句上的某种相似而已。

我想起在写《痛苦:对一份疾病的评注》一文时所希望获得的那种合法表达内心苦痛的权利,表达苦痛的合法性和道德性,把自身从医生的躯体化苦痛的阐释中解救出来,表达出社会伦理情感的挫败感和对社会生活的去道德化的某种疑虑。希望给予疾病和苦痛以抗议的语言。

凯博文1980年在中国湖南的临床经验是富有洞察力的,他通过一些案例说明疾病的社会功能。在这种观察方式中,疾病如同患者的一种生活策略乃至社会化的行为策略。在一个人人必须“积极向上”或“思想健康”的社会情境中，患者拒绝对自身的疾病进行精神性的诊断，这或许是防御性的措施。“我之所以悲伤或激动是由于生理疾病！这才是我的真正问题，我的心脏病。”患者的疾病行为一旦产生，“就会被吸纳进特殊模式的关系中，而这种关系构成了他的生活世界。因而，他的疾病表达了他的社会状况，并且成为了导致他痛苦的那些社会环境上的一个潜在杠杆。在当前的中国社会，严密的社会控制是通过弥散在工作单位中来表达的，而工作单位是一种总体性的机构，疾病让患者能够对一些容易变成压迫性的情境进行一些额外的、有限的个人控制”。（凯博文．苦痛和疾病的社会根源．[M]．郭金华，译．上海：上海三联书店，2008：113.）

当然可以说人们处在一种压迫性环境和制度中可以把疾病作为一种个人进行讨价还价的手段，或一种退避的生活策略，但是事实上，除了患者所置身其中的家庭之外，疾病所拥有的力量相当有限。疾病不是一种“强有力的工具”，甚至连死亡也不能成为一种有力的报复，除了死亡所含有的对亲人的谴责，以及留下遗恨与“复仇”之外，连死亡这种抗议也是弱者的行为，很难说是一种聪明的生活策略。相反，这种社会和社会厚黑学一直提供给个人一种顺应压迫性环境和压迫性制度的去道德化的适者生存策略。或许可以把疾病视为调适的失败或拒绝调适自己的结果。

“精神疾病首先产生了躯体性不适，接着破坏了患者那些使不适具有社会合法性的努力。全世界的精神医生都非常了解这种情况。这说明躯体化的用途是有社会局限性的，精神性问题在日常生活中也限制了躯体化的作用……患者既不是社会的囚犯，也不是医学障碍症的生物学意义上的囚犯。事实上，他们被囚禁在个人内在病理的铁笼里，他们也是被一种个性所囚禁。这种个性不仅产生疾病和自我欺骗，并且导致社会异化甚至污名化。”(凯博文．苦痛和疾病的社会根源．[M]．郭金华，译．上海：上海三联书店，2008：113．)

精神上的脆弱性就是易感性。反之，精神的易感性就是它的脆弱性。而迟钝与麻木这些“病理性”特征，却变成了身体(肢体)“健康”的前提。精神的脆弱性的确是包含身体苦痛在内的疾病与苦痛的一个媒介，易感性使得身体成为一种致病的媒介，但精神的脆弱性也是疾病与苦痛的一个根源。

“压力可以对一个容易受影响的个体产生作用，致使完全正常的身体反应被误解为病痛的症状，或者更有可能的是，情感唤起和个人痛苦的精神—生理联合体被放大了，并被贴上了病痛的标签。当这种情况发生的时候，精神的和躯体的症状可能由于个人或文化原因没有得到区分，因而也不可能得到分开的表达……个体只会表达那些与抑郁、焦虑或者愤怒情感相关联的具体化的身体状况。在患者所处的社会群体和自己的解释模型中，也许暗含着一种理解：这些身体不适同时传达着精神的和身体的含义；不过生物医学专家给临床带来的二元框架和生物学还原论使医生倾向于把问题诊断为身体障碍。而且，许多运用在这种个人苦痛综合征上的常用术语也强调问题的生理学性质。针对个人和家庭苦痛的精神—社会照顾通常是作为对所谓的身体问题的医学治疗的一个部分而间接提供的。"（凯博文．苦痛和疾病的社会根源．[M]．郭金华，译．上海：上海三联书店，2008：149.）

躯体化不仅得到了医学上的认可，也得到了文化规范的积极认可，与此相反，对苦痛的精神病学化反而是被"污名化"的。它产生一种压力，迫使患者选择性地感知和表达苦痛的精神生理症状的生理部分，同时压抑和否认精神病症状。即使患者自身，也倾向于使病痛的感觉和语言方面带有显著的躯体化烙印，而无视其精神病学的迹象。在我们自身的社会语境里，除了"经神病"、除了"神经衰弱"的修辞模式，很少承认精神病学的存在。社会认可与支持的文化模式建构在求医的躯体性模式之上，缺乏精神性的模式，即寻求的是医疗设施和治疗，而非精神治疗。一种文化规范或制度选择希望使人的苦痛不含有道德意义，不含有社会含义，而将之交付医疗技术去处理。这是对疾病的政治含义的否认，对疾病的精神意义的否认与压抑。而这一点，正是一些精神疾病的根源。

个体表达了苦痛的躯体化层面状况，医患双方都关注着疾病或病痛的这一具体化的身体状况，精神病学则专注于疾病与病痛的心理学含义。事实上，在医学之外，社会对有关个人的苦痛有着更为广义的关注，哲学、社会学、伦理学、宗教神学，还有诗学，都以各自的修辞方式描述着人的各种隐秘的苦痛。它们关注的既非单纯的疾病，亦非病痛，而是关于苦痛和人世间应对苦痛的一种文化实践。

疾病是一种广义的、包含着身心感受的状态，而非仅仅是临床医学和器械所确认的病理性创伤，这是一种广义上和真切含义上的创伤。最常见的是道德的、道德情感的伤害，人格的、人格尊严的侮辱，政治的、政治权利的贱民化，经济的、福利的剥夺，以及奖赏与处罚制造的紧张，人际的和个人内心的多重意义的紧张，非创造性的生活的无聊感和无意义感，无价值的生活感受，负面的和消极的自我评价，期望的落空，生活预期的严重偏离……脆弱的个人生命充满无尽的和难以想象的创伤、难以言说的苦痛。除了道德的和精神创伤的身体化，除了被命名为躯体化的疾病，宗教分担着又制造着多少疾病，政治分担着又加剧着多少疾病，经济生活分摊着又加强着多少贫病交加的感受，战争则是集体的精神癫狂发作。

为了摆脱个体的孤独，集体或群体又为个人制造了多少深重的灾难;五花八门的信仰体系给了人们多少安慰,又制造出多少冲突。

焦虑不安,紧张,苦闷,紊乱,矛盾……这些词语从标志着一种躯体的和生理的状态到心理状况,到道德和精神生活层面的境遇,这些情感与感受拥有一个难以想象、难以描述的广泛的光谱。通常而言,在人们把这些负面感受、负面经验躯体化的过程中,即把自身交给医生和医疗器械之后,习惯于把这些负面经验进行一种去道德化的处理、去精神化的理解、去宗教性的阐释。人们习惯于压抑这些负面经验中不被承认的含义。只有在一种特殊的宗教语言中、在某个特殊的政治时刻,苦痛的更深的政治的含义、信仰的含义才允许被触及。然而,诗歌与艺术的语言不是一直在与这种不合法的苦痛打交道,寻求着救赎或治愈的方式吗?寻求着给苦痛一个宗教的名字、一个政治的名称、一个道德的名义,而非仅仅把它贬低到纯粹躯体化的领域,一个无言的领域。

在不同的文化模式里,即不同的象征图式中,对事实或经验的内在体验与描述方式存在着巨大差异,然而就其生理层面上的苦痛感知与描述的语言则应很接近。这就像失眠的原因差异很大,而失眠的感受显得很接近一样。

失眠，焦虑，紧张，冲突，自卑，恐惧，惊慌，厌倦，疲乏，厌食……这些症状从心理轻微的不适，从身体微弱的疲惫，从生活的微妙的挫折感到严重的病痛，其与疾病并没有一条鸿沟，没有一条清晰可见的界线。这些状况从心理感受到躯体化感受的过度常常令人猝不及防。一个人脆弱的时刻来临了。而在人们把自己交给医生和医疗器械的时候，差不多遗忘了疾病和症状的非生理因素。

对身体的检测愈来愈细致、频繁，而对自身道德的内省则愈来愈粗疏。更多的人记得检查身体，以便监控可能发生的疾病，却忘却了夫子每日三省吾身的训诫。通常人们习惯于将失眠、虚弱、疲劳、焦虑视为身体性的修辞表达而非精神性的修辞表达。

在“传统社会”(这种概念是为了构成一种陈述)，激情与道德情感组织着社会和个人的生活，“经济社会”把它扔给了现代文学和后继而起的精神分析，或许，现在则把它扔进了临床医学的围墙里。

或许激情还获得了其他的回归形式，从生产经济潜伏进消费经济，如享乐、消费、炫富、穷奢极欲、贪污腐败、职务犯罪……

一种伤害会在人与人之间循环，一种恐惧会在这个社会中循环，甚至一种恶劣的态度和一句恶言恶语也会构成自身的循环。遗憾的是，恶没有自身，恶只能闯过每一个降低了的人格的门槛，在每一个同时是施害者和受害者的心里循环。那些巨大的恶、极大的恐惧、极其剧烈的伤害，会在人们的心里、人们的感受力与想象力中循环数日、数年、数十年，甚至数百年、数千年。像一条被污染的河流中的脏物，之后才能慢慢地被吸收，才能自洁或净化。谁知道呢，或许只是再次被更大的恶所吸收，形成恶性循环，成为道德或文明的痼疾。

一种生物进化论的观念促成了适应的意识，对所有的不适应都做了成败的判断而非道德判断。凡是不能适应环境的个体注定都要被淘汰，即使环境已经无比恶化，充满了污染物或毒素，一种反向进化论还是要求无辜的个体去适应它。反向进化论只尊重事实而轻蔑价值。所有的不适应都由环境中的个体来承担，人们不会把环境中的不适应视为一种道德价值的反应，不会把不适应视为一种对现实的批判。

痛苦是一种无意识的社会批判，一种自我伤害性的批判。疾病是一种无言的批判，是软弱无力的批判。

巫医同源意味着医学是一门愈来愈世俗化的宗教—巫术，而宗教是一种神秘化或升华了的广义的医学，也是一种被高度边缘化了的医学。宗教对身体的疗救自始至终关乎灵魂的救赎，关乎苦痛、肉体的有限性与死亡。

起源论的思想资源不会全部耗尽，起源时刻的每一点滴都会融进此刻的思想与感受之流，即使只剩下极微弱的含量，也会有类似于溶剂的作用。

宗教一直就是医学的一个广义的名称，宗教植根于人类的苦痛、疾病与死亡。宗教寻求着救赎之路，就是科学与革命也时常暗中扮演着救赎者—治疗者的角色。

诗歌不是一种消除了专有名称的宗教吗？它像医学的案卷，记录着内在的苦痛，寻求着慰藉的方式。

就像“神经衰弱”这个词早已显得陈腐过时，显示出人（医学）认知能力的阶段性幼稚一样；另一个词，“精神病”如今也因为显眼的贬义而暴露出其非科学性。弗洛伊德关注着精神病与宗教之间的联系，他把宗教解释为人类集体幼稚时代的精神病。弗洛姆也说：“我们可以把精神病看作宗教的一种个人形式，更明确地说，是一种与正式公认的宗教思维模式相冲突的原始形式的回归。”（埃·弗洛姆．精神分析与宗教．[M].孙向晨，译．上海：上海人民出版社，2006：25.）

躯体化的修辞是普遍的：这让人头痛，叫人心疼，让人牵肠挂肚或肝肠寸断，让人晕，叫人吐、恶心……这些身体化的表述多半情况下只是在传达情绪、情感，而非身体的状况，而躯体化的修辞似乎能更准确且极端地表达情绪及感觉状态。

“但是躯体化的抑郁或愤怒就像悲伤或愤怒的感觉一样，都是真实的。个体之间并不只是通过躯体性术语来交流，情绪也是被躯体性地体验着。焦虑可以通过呼吸感觉到，而悲伤也表现在胸部和脸上。感觉是身体过程的一部分，也是与他人交流的一部分。”（埃·弗洛姆．精神分析与宗教．[M].孙向晨，译．上海：上海人民出版社，2006：181.）

存在着苦痛与伤害的躯体化，也存在着苦痛与伤害的心理学化。在古老的时代，人类社会就发明了苦痛、疾病与死亡的宗教化，成为苦痛的伦理学化和道德化的方式。如今这些升华式的苦痛依然是我们暧昧不清的遗产，没有继承人的遗产。除此之外，还一直存在着对苦痛与伤害的艺术化或诗学化的路径。诗学将苦痛与伤害经验变成一种可以被感知的语言，在与他人交流的过程中得到康复。事实上，当一种苦痛与伤害转换为诗学经验时，就已经完成了康复，甚至成为比康复更健康一些的生命力。

面对现实，你总是感觉到自身过于软弱，不是精神状况和心理的软弱，而是纯粹身体的软弱。躯体性的疲惫、脆弱，是抵抗的力量最先从身体撤退的意图，是激情和激情的消失迅速地转向躯体化的状态，批评的激情迅速地由心律不齐、心动过速、血压升高等进行躯体化表达，是否定的表达过于迅速地进入自我否定的身体性表达。在这一过程中，你能够求助的唯有语言。你锻造你的语言时，就是在锻造着你日益强壮的身体。唯有如此，你才敢于让意识进入情绪，让意识情感化，让情绪身体化：在被身体感知的状况中抵达语言，这好似肉身成道的诗学秘密。

“因为身体是社会的最形象的比喻，所以说疾病是结构性危机的一个最为明显的隐喻也就不奇怪了。所有的疾病都是某种障碍——不论是从比喻上来说，还是从字面、社会、政治上来说都是如此。”（埃·弗洛姆．精神分析与宗教．[M]．孙向晨，译．上海：上海人民出版社，2006：106.）

躯体化并非纯粹是一种病理反应，也是一种间接的道德反应。如果种种不适来自于一种内心的困扰，即一种道德律令与自身状况或生存环境之间的内在冲突的话，并不是所有人在相似的状况下都有心理的和身体的不适，而是最受道德折磨的人最容易成为患者，那么所谓的医学上的治愈岂不是另一种去道德化？即让人放弃道德律令对现状或既定事态的谴责，治愈是否以使饱受内心和身体折磨的人放弃道德的权衡为代价？

人们总是给予适应能力或获取成功以较高的评价，给予不适应性以相反的评价，而不过分探究要求人们适应的环境是否具有合理性。"存在的即合理的"不是哲学，而是潜意识。

人的情感在多大程度上依赖于身体的状况？在一个人极度疲劳的时候，最美好的情感也显得淡漠了，即使是每天晚上身体所承载的疲惫都让人对很多有兴趣的事物距离倍增，更不要说身体的衰老、过劳或极度衰竭的时刻。情感生活不仅依赖于跟他人的互动，敏锐的情感和激情也深深依赖于良好的感知系统，即良好的身体状况。

个人的健康秘诀：及时自省、清除，即转化负面经验，及时将苦痛的能量导入写作行为，防止淤积的焦虑转入躯体化。

文字是安装在身体-社会系统中的一个避雷针,它将毁灭性的能量导入写作行为。尽管写作并不只是一项避雷设施。

疾病总是存在,如同造化之所赐,而且处在身体与精神之间的摆动中。这种摆动、可逆性提供了创造性的契机。疾病是死亡的现在形式,是预先到来的一种转换。

人通过内省,不能在自己身体内找到神圣的属性;唯一疑似神圣属性的,是他的死亡与疾病,即无端地承受痛苦与惩罚的命运及力量。

死神是一个异教的神灵。

Ⅳ 论来自噪音语境的写作

诗歌，如果不是对话语所陈述的事实、事物进行悬隔，而是专注于话语表达本身，诗歌又是什么呢？而且，诗歌如果不是引入说与所说之间的紧张，引入一种纷争和一种沉默，诗歌又是什么呢？诗歌总像是在事实面前的一种隐退，却又最终证明着除此之外另一种话语所没有的意义。诗歌总是不允许事物脱离语言而存在，然而一把杀人的刀子呢，一辆碾过身躯的重型车辆呢？

诗歌难道不就是一种非同质性的经验？诗歌话语难道不就是一种非统一性的经验？诗歌难道不就是事实与表述之间令人质疑的表达？诗歌难道不就是不相信无论什么人最终拥有了终极真理，也不相信诗歌自身会终结它？

什么东西也没有像话语这样繁多，电子媒介让更多的话语产生，一个个声音被复制、被扩大传播，许多声音被复制、被传播，但话语的意义却并不因此而增值。话语在增多，而意义在减少；话语在膨胀，而意义在破碎。

真是值得庆幸，由于电子技术的原因，由于互联网的出现，这个社会第一次出现了多声部，第一次出现了复调，第一次出现了各种社会话语，第一次出现了相互印证、相互反驳、相互重叠的信息的喧哗，第一次出现了那些普通人、那些无名氏将自己的声音传递到一个社会空间的状况，第一次出现了声音的繁多性所合成的社会背景噪声。背景噪声的喧哗就像同步出现的城市噪声一样，意味着这个社会第一次出现了真实的事物，出现了真实的运动与历史变化。

噪声会相互抵消其信息。相互撞击的漂流瓶会发出无人接收的一阵阵孤寂的噪声，或者，像西方古老的神话中所担忧的，众人声音的变乱是他们共同事业失败的开始。尽管存在着声音的重复、繁多、复制、回声与模仿，存在着失误的信息、谣言、诽谤、废话与唠叨，不成调的多声部，存在着令人眩晕的波动与喧哗，但这一切声音会形成节奏、节拍、节律、律动，会形成一个循环，一个场，一个声音的磁场，一种公众舆论的环状物，就像一首诗，将一切事物并置之后，产生出出乎意料的隐喻效果，声音的并置也会出现某种出乎意料的独特共鸣。哭泣的噪声是生命的开始，社会的噪声是真实历史的开端，信息高速路上需要一定的流量。在我们自身的历史中，请想象一下那些重要的历史实践与历史时刻，真实的事物和新事物就是在这样的喧哗与躁动的汹涌波涛中诞生的。

无疑，在电子媒介普及之前，一个发生在稍远一点地方的事情是不被我们所关注的。如果我们的感知与日常范围内的消息没有出现事故与不幸的话，我们几乎就可以生活在安详的心态之中。然而，电子媒介改变了这一感知，改变了我们每个人对生活范围的感知，改变了我们对世界的判断。在媒体每天都会出现的天灾人祸的感知冲击下，我们变得愤世嫉俗，变得心态难平。然而对每日所感知的事件又不能有效地进行道德的干预，人们普遍地成为新闻事件大量复制传播语境中的愤青与愤老。是的，我们不再是文学青年，我们是信息青年；我们不再是知识分子，我们是知道分子。但我们的心、我们的自我能够消化世界上悲剧的文学，却极其难以消化媒体上每天翻新且重复发生的令人无奈的新闻与信息。如果你通过失掉回应来漠视密集的信息，那么似乎就在你失掉自身的人性时才有可能。而事实上，很多人确实对这些反复发生的事态产生了信息接收上的疲惫，产生了厌倦。人们对自身道德情感的一再被折磨而倍感无助，为自己道德认知的底线一再被事态所突破而感到无奈和绝望。

并不是我多么怀念上世纪八十年代，而是说，缘于这种不自由，缘于信息的极度不自由，我只得阅读大量的文学作品，致使感受力向内展开，即使那些作品涉及“反右”，涉及“文化大革命”，或涉及令人愤怒的事态。然而，你读到的文字早已经过了诗人或作家的消化与转换，你读到的不是未经任何人转换与消化的原始经验、原始图景。叙述人的情感、视野，在话语中分担着阅读者的感知。你知道一切都是另一个人在承担着，在思索着，在倾诉着，这是读者的安慰。一部文学作品即使叙述了大屠杀、大迫害，它最终也能给人以历史的告解、心理的抚慰、道德的安抚。文学所描写的伤害总是包含着康复的过程，文学作品总是对我们有所补偿。但在新闻信息中，在不幸经验的大量传播中，我不知道谁能够转化这种不幸的经验？谁能够转换这些道德上的与良心上的不良资产？我们在信息与新闻话语中面对的是赤裸裸的原始经验，不知该如何理解，又该如何处置的经验。尽管这些被媒体复制、被媒介扩大的经验依旧是被复制的经验，它却难以像文学作品所提供的经验那样成为我们自身经验的一部分，成为被理解的经验、被消化的经验、被转化为心理与情感财富的经验。

文学与新闻，诗歌与信息，这些差异值得慢慢消化。为什么新闻与信息一再地成为人们难以下咽、不能消化的东西？这些难以消化的信息给无数人带来了新的强制性的压力，带来了新的强迫症的在场经验。

媒介改变或者说极度扩展了我们对社会事态知情的半径，却几乎又同时缩小了（相对）我们参与社会生活的半径。最积极的心态转向了“积极旁观”。当旁观并不能改变世界时，旁观者就会变得有点消极。新闻与信息的传播功能与传播目的都不同于文学作品。后者以抵达人的心灵为宗旨，然而信息与新闻的传播指向是行为世界。如果说文学的传播是为着改善人心，新闻与信息的传播则是为着改善制度、改善行为及其规则。然而在传播通过媒介的变化或多或少地争取到一点自由时，传播发现自己与政治宣传要分道扬镳了。这是一个积极的事态，终于，信息传播依靠自身的力量与权力对信息的控制拉开了距离，创造了宣传与信息传播的缝隙。然而新媒介自身的政治功能尚在艰难的生成中，新媒介的道德功能也在不明朗的语境中。新媒介像一个新的尚且年幼的教师，不知道如何回应受众的心理需求。最主要的是，新媒介或许还不知道自身如何进一步凝聚起推动社会制度与行为改善的力量。

新媒介塑造出一批道德主体的幽灵，塑造出一批感知主体性的幽灵。新媒介自身也像是一个幽灵般的主体，在“该评论已关闭”之下，无数象征性的嘴巴被贴上封条，许多主体化为四散的幽灵。

民主与共识有关，与舆论和契约有关，但诗歌与舆论无关，与契约无关。文学与共识无关，它宁肯倾向于精神贵族气质的“天才”观念。少数诗人所得到的语言中的不朽,也属于一种贵族式的不朽。但诗歌或文学,与人的共通感相关,与最内在而隐秘的情感息息相通:这是立约的基础。这是诗歌与民主的另一重关联。

民主社会的人们尚未准备好能够接受这个世纪里最真实的精神生活的内容,大众传播中的脱口秀水平的哲学、电视剧中的历史叙事和各种娱乐节目的宗教更符合人们狭窄的口味。这些就是他们的文化。

但在我们自己的社会语境中,诗人、哲学家和大众之间争论的框架似乎还没有出现。文化大众时常会指责一下诗歌,而诗人为应和大众最基础性的民主共识,对此批评保持着礼貌的沉默。

当全社会的人们都认识到一种普遍真理时,当全社会都达成了改革共识时,社会突然像中了魔法般停滞了。道理妇孺皆知,知识分子转而去发明一些常识之外和共识之外的东西。从违反常识的行为到对常识的唠叨抱怨,追求智慧而非追求平庸生活的知识分子真的厌倦了。没有人能找到打破循环的办法。人们不再相信历史必然性或者历史规律,人们期待着瞬间,期待着什么力量在某一瞬间突然爆发。似乎人们束手无策的时候神奇的力量会自己出现。这是一个诡异的时刻：人们已经在理性普遍成熟的时刻突然陷入未知的命运感。

他们拒绝强者制订的规则或许还情有可原，但是他们拒不承认存在着更合理的规则，也不愿意寻求与表述这一规则，宣称原则不存在而只有权力或强大，期待着以自身的强大来定义规则，其中的思维逻辑包含着难以理喻的恶意识的自我循环。希望摧毁一般性原则，不愿承认存在着普世价值，而把人类社会中的一切争端，即使与道义有关的争端也说成是纯粹的利益与暴力之争，这是独裁者的意识特性。不幸的是一些属于被奴役身份的人们也热衷于这一纯粹权力意志的概念把戏。他们不知为何喜欢在自己其实无比弱小可怜的脸上戴上一副具有强力意志的面具。任何时候都不承认，存在着一般性原则的人都是在推崇暴力，推崇弱肉强食法则；不愿承认人类在情感、感受的共通感基础之上可以构建人类社会共同体的人，通常是独裁者和为之充当炮灰的愚民。

只有从一种道德信念和普世价值出发，从自由、平等的观念出发，才能从其预设的价值中探索它所蕴含的可能性，引导出对不自由不平等的现实进行改善的力量，践行自由与平等的最大化；相反，如果把人类社会认作没有道德原则的原始丛林，如果只是对普世价值与道德原则进行削弱，那就是在加固不自由与不平等的秩序，也就是在不断地再造不自由与不平等。

这一经验或感受在你心里无数次地活跃过，当你走过街头的时候，当你置身城市人群的时候，你一般都会轻轻地放走这一莫名的感受，其中或许还夹杂着非道德性的体验、欲望的微妙波动与唤醒、新的希望或混淆视听于无尽的欲望萌发之中。米沃什对此感受有细致入微的描写："从未有人更深入地研究过，一个人究竟需要多少我们姑且称之为审美感受的那种经历。在一个社会群体中，只有为数不多的人的审美感受与艺术作品有关，大多数人是在生活的激流中，从他们自己所经历的事实中享受转瞬即逝的自然审美乐趣。在城市里，人的眼睛会看到商店橱窗里五彩斑斓的展品，看到形形色色的人物，而通过想象力，就是看看路上的行人，也能从他们脸上猜出每个人的生活故事。当一个人在人群中行走时，他的想象力的运用带着某些情欲的特点，他的某种激情也接近于生理冲动。眼睛因能看到服装、看到灯光的闪烁而欣喜，比如，看到巴黎市场上成堆的蔬菜和鲜花、各种形状和色泽的鱼和水果，以及各种不同色调的鲜红肉块，都能给人带来愉悦，不一定要到印象派或荷兰人的绘画中去寻找这种愉悦。听觉能抓住咏叹调的片段、机器的轰鸣与鸟的鸣叫混杂在一起的声音、叫喊声、笑声。嗅觉记录着不断变化着的气味：咖啡、汽油、橙子、臭氧、烤干果、香水。那些大城市的歌手已经用了很多篇幅来描写平淡生活中的喜悦之情。一个游泳者把自己托付给波浪，感受着身边自然力量的无限美妙，当然也会陶醉其中。说起大城市的一些伟大歌手，我想起了巴尔扎克、波德莱尔和惠特曼。似乎，参与集体活动所激发和强化的力量是基于对可能性的感觉，基于一直变化莫测、出人意料之事，基于人不断追求的奥秘。”（切斯瓦夫·米沃什．被禁锢的头脑．[M]．乌兰，易丽君，译．桂林：广西师范大学出版社，2013：75-76.）

在任何一个时代、任何一种社会形态里，美学的生活或感性生活既是人们逃避不如意、不自由现状的一条道路，也是人们为之生活、为之心系其间的美好感受。艺术的，尤其是艺术之外大量的、未命名的美学经验，既构建了一个生活的临时避难所，也好似一个终极意味的乐园。在传统的惰性社会里，人们只要远离道德的与政治的风险区域，就尽可以把审美经验作为一个乐园来经营，甚至干脆取代政治经验与道德实践的缺失。难道民主政治不是为着把这一美学经验进行最大程度的扩展吗？

“感觉的不同层次真的就是与不同的感觉器官有关的感觉领域，但是，每一个层次、每一个领域，都有一种与其他层次和领域相关的手段，独立于再现的同一客体与对象。在一种色彩、一种味道、一种触觉、一种气味、一种声音、一种重量之间，应该有一种存在意义上的交流，从而构成感觉的‘情感’时刻(非再现性时刻)……画家需要让人看到感觉的某种原始统一性，并在视觉上，显示一个多感觉的形象。但是，这一操作要想成为可能，必须有这个或那个领域的感觉(在这里是视觉)与一种溢出所有领域并穿越它们的生命力量直接挂钩。这一力量，就是节奏，比视觉、听觉等更为深层……塞尚说，有一种‘各种感觉的逻辑’，是非理性的、非智力性的。所以，在最深处，就是节奏与感觉的关系，它在每一种感觉中放入它的每一个穿过的层次和领域。而且，这一节奏贯串一幅画作，正如它贯串一首乐曲。它是收缩与舒张：世界在封闭的过程中将我攫取，我朝向世界开放，并打开世界。有人说，塞尚正是在视觉中加入了一种生命节奏的画家……培根的法则应当是：在‘形象化’上，是悲观主义者；在形象上，是乐观主义者。”(吉尔·德勒兹．弗兰西斯·培根：感觉的逻辑．[M]．董强，译．桂林：广西师范大学出版社，2007：45－46.)

就宪政民主制度条件下的生存而言，道德主体的基本问题转向了制度设计及其社会伦理功能，围绕着道德主体数百年或上千年所建构的道德哲学与社会伦理学议题，较成功地转移到法制规范下的政治主体上及其他的权力与责任范围内。在这一条件下，古老的个人化的道德主体放心地转向了美学主体，即一个纯粹感性生活的主体。

而惰性制度下的美学主体是一个自由的幻象，其琐碎的感性生活是一种回避非主体性命运的虚弱的陶醉。

发现自身的陌生性，以摆脱厌倦与重复，但时常是陌生性闪现一个片刻就被貌似熟悉的感觉遮蔽了。熟悉，事实上是一无所知的伪装。

任何一种未命名的痛苦，都否定着理论，也召唤着一种未曾有过的理论表述。痛苦渴望成为知识话语，即被认知又拒绝成为知识。这是它的尊严。像普遍欲望一样，痛苦是一个秘闻。

此时此地为一切“不朽”的思想和艺术提供了一个立足点。处境和位置提供了观点、立场，并提供了由此发生的观察、描述与阐释。荒谬的观点源于忘了自己是谁，身在何处，或是犯了年代错置的错误。

人是一个人格的存在，这一理念基于人是一个敏感的、充满基本情感需求和体验的人，而且正因为其情感的敏感性，人是一个内心容易受到伤害、生命脆弱的个体存在。此外，个人还生活在一个社会环境或置身于某个确定的共同体之中，依据这个共同体的价值观，个人产生了尊严与荣誉的需求。这些内心情感体验与外部的尊严与荣辱感，构成了一个人的基本人格。一个社会制度如果出于尊重个人人格并以法律和道德秩序加以保护，使之得以发展，这个社会就是善的，就是合理的；如果这个社会制度设置处心积虑打压、扭曲个人人格，伤害个人的尊严，而且个人无法求助于法律的庇护，这个社会制度就是伤天害理的、没有合法性的制度。一个社会的法律胚胎就在其中萌芽。人格、主体性、自由在对专断、迫害与强制的抵御中建构共同体，其建构目的在于对个人的庇护，并在共同体中使个人得到最充分的人格意义上的发展。而财产权，受到尊重与保护的属于"我的"某物，则是人格概念的一种扩展，是增进个人自由的保证之一。因为，一个明显的事实是，一个没有财产的人会变成拥有过多财产人的一件纯粹的"工具"，沦为他人的一个"物"。

个体的人、个体的人格并不能穷尽人的"本质属性"或潜在的生命意义与价值，人格概念本身就意味着他的社会属性。个体的人与共同体是彼此相关的存在。

子贡问曰："赐也何如？"子曰："女，器也。"曰："何器也？"曰："瑚琏也。"(《论语·公冶长篇》)祭祀用的礼器并非一般有用的器物，它是神圣的礼仪或仪式上所使用的器皿。这意味着夫子没有给予个人以纯粹自足的价值。个人的价值与意义是在一个社会共同体及其公共事务中所体现出来的。个人的价值是共同体所赋予的。但或许这是夫子对一般杰出人物的鉴定品级。因为夫子还有着“君子不器”的根本教诲，认为即使神圣的器物也毕竟是器物，还不是得道之君子。在此意义上，另一个是得到其认同的曾点式的人的理想——夏日与几个童子去河边沐浴而歌唱——这种理想是在个体的人的感觉经验中被给定的，似乎体现了其对更高的“君子不器”的肯定。这是否意味着夫子并非仅仅是把个人当作器物、当作工具，哪怕是神圣的工具呢？

在由社会利益和政治观念所支配的身份与属性的确定性之外，诗歌与文学话语所提供的是人的一种非确定性的身份和非确定性的属性。诗歌话语自身就是一种包含着真实与虚构、感知与想象的不同属性的话语，包含着诗歌固有的属性和一切未知意义和未知属性的话语，它推崇经典、惯例和约定，而又崇尚前无古人的创新、没有定制的自由。由此可以说，诗歌提供了一种探索未知意义的永久的合法性，即探索人之含义的新的可能性，正在生长中的新的身份和正在凝聚的属性。但这是一种遥远的人的形象，处在愈加追求愈感觉在后退着的一条地平线上。

从人类学的观点看，世界上最初是自然的人，很久很久之后出现了语言学的人，接着出现了政治的人——部落联盟的人或“城邦”的人，然后出现了民族的人、国家的人，现在出现了经济的人……是否他还记得语言学的人的身份、自然人的属性？这是否是更深一层的语言学、更高一级的自然？

每个诗人的写作都加入了一种独特的话语实践的谱系，每首诗的写作都证明着一种没有先例的呈现意义的草图的力量。前者使他成为同一个精神家族的成员，后者让诗人感到一种致使自身陷入“晦涩难懂”的孤独。

孔子推崇作为社稷的圣器或神圣的礼器的人，然而他更推崇“君子不器”式的人，一种非工具性的人。一种既非战争工具、政治工具，亦非劳动工具或经济工具的人，一种美学的人，一种针对自身的存在而言的道德的人。

V 论诗歌、音乐与噪声

你从年轻时代就回避情感文学，回避流行歌曲。你回避自身的年轻和青春，转而阅读理论和哲学以逃避青春与情感的折磨，决计忘记而不是唤醒那些折磨人的感受。而今你已过天命之年，未曾想到一些流行歌曲还会具有如此巨大的撞击力。可是这一次，不是青年时代的经验，而是对生活与感情的“晚期风格”的预感。这应该是经过了“启蒙”的情感。

情感不会让人平静地生活，一种激情忽然来了忽而走了，激情对自身与情感的相关者都会带来巨大的力量，或因幸福激动或被痛苦折磨。激情和真挚的感情常常揭示出人生存的漂浮不定之属性，使人处在充满危险和危机的状态。激情通常就是一种危机状态所激发的情感。儒学、理学或其他文化类型中的古典思想主张，要以理性主导情感而非受激情支配。这近似于斯多葛的思想，通常是历经情感磨难的老年人发明出来提供给年轻人的，或许恰恰是出于对人自身的仁慈与同情。不幸的是，一个人该去经历的磨难并不能因经历过的人们的忠告而得以幸免。这一轮回构成了人类生活中极其类似于命运般的感受。

你喜欢听音乐，致命地迷恋某种声音，你的命运是要嫁给一个耳朵的恋人吗？而此刻，与你相反的人正陷入一场视觉的激情戏剧。或许此刻还有人热吻着火焰般的肌肤，而我则沉溺在词语谜一般的修辞感受里。这些词语恰恰是“声音”

“看”、肌肤“接触”，和它们之间相爱一样地缠绕。或许，我就是人间最愚蠢的一个，把自己的心交给了一种虚拟的命运。

与情感一样，意识化的生存也是人的原始不幸之一，意识让人被放逐出自然。身体合一的时刻有可能成为一种返回。没有意识，没有自我，也没有他人，只有身体自身的意识，安宁的，温润的，溶解的。自我消失的非意识化恰恰是模糊而确定不移的幸福的意识。

这是一个谜：一个时而沮丧、时而自我矛盾的人，会成为另一个人心中渴慕的人，会在他人的梦幻里上升至幸福的化身。当他听到热情赞美时，他应该说出这唯一的真理：我跟你一样，只有迷恋的时刻才会克服对自身的厌倦。

就音乐而言，节奏是原始的要素，节奏具有生理的真实性，心跳、行走等已经具有节奏性，然而旋律的出现要深刻得多。旋律意味着一种伟大主观性的出现，意味着复杂多重和委婉曲折的情感模式的出现，意味着一种情感与感知模式的成熟。现代音乐中最美的旋律拥有一种古典背景，即形成于一种共同体情感的根基上。十一世纪的宗教音乐为欧洲古典音乐奠定了旋律的基调，这个宗教背景经由巴赫融进了之后的古典音乐。当音乐的宗教背景逐渐式微，各民族的民间音乐传统再次充当了古典旋律的范式。即使在浪漫主义崇尚个人化的音乐动机的时刻，依然会将民族共同体的情感形式作为它的灵感之源。旋律的形成有赖于一种共同体情感模式的漫长结晶过程。

中国西北少数民族歌曲与音乐的背景，除了世俗情感中常常表达的对土地、河流、山川等这些"自然"和故土的热爱之外，同样是来自于宗教情感的乐曲，经历了数个世纪甚至上千年的宗教情感的浸染和积淀，形成了音乐的旋律。这意味着某种神圣情感的成熟。同对自然和故土的颂歌一样，宗教性质的歌曲和音乐也是一种共同体情感的表达形式。对西北民歌和音乐来说，对共同生活所倚赖的那些自然家园的赞美，也时常具有宗教品质，即具有赞歌、哀歌、圣歌与颂歌的品质。歌唱具有自身的颂歌性质，这些旋律基于深厚的宗教情感与共同体情感的根基。蒙藏歌曲中对母亲、故乡或爱的歌唱，也受宗教共同体圣歌的精神品质的感染。

这些旋律的基本属性是赞美、颂扬，是对生活与生命的肯定，而且这种首肯拥有神圣的宗教品质。然而，当代流行音乐与流行歌曲的出现，意味着一种特别世俗化的情感，大多数流行歌曲吟唱的是一个凡夫俗子对另一个凡俗之人的情感，即使是爱情，也是与宗教情感、共同体情感无关的个人化的情感。因此，旋律的出现就是一种非常微妙的现象。大多流行歌曲赋予说话的一种节奏是相当容易的，事实上，很多流行歌曲只是有节奏地说话而已。中国流行歌曲最初发生在二十世纪二十年代到四十年代，较为流行的，多是电影音乐与电影歌曲，或许由于发端于沪上的原因，其中一些比较流行的音乐多半借用了江南民歌或南方曲调，如《四季歌》之类，这些曲调隐隐透露出沪上摩登电影、摩登歌曲的"土气"背景或古老的乡村背景。通常而言，这些电影插曲所借用的江南民间曲调的诙谐与"温柔敦厚"，对摩登电影来说几乎是一种完全的异质元素，摩登电影表现着都市生活图景时，穿插其间的却是民间小调式的歌曲与旋律所构成的"乡村意象"。

或许由于爵士乐流行的缘故，或许由于现代文化对原始文化的推崇，当代流行音乐显示了狂躁激进的风尚，除了其身体指向之外，并无明晰的社会指向。二十世纪八十年代以来的中国流行歌曲逐渐放弃了对旋律的寻求，转向对节奏乃至噪声的使用。无疑，节奏与噪声意味着某种活力——如果旋律充满了心智与情感的虚构，噪声却具有现实世界的真实性。没有噪声的地方，什么实质性的事件也不会发生，即使噪声与节奏的结合产生了听觉的暴力色彩，即使狂躁导致听觉上某种程度的聋聩。流行音乐中的噪声和狂躁性，或许正是民主政治时代的特征在音乐上的一种多元意志力量的投射。噪声是对单一的和谐要求的一种抗拒，噪声的合法性如同民主政治的多元性。

但流行歌曲在简单的具有暴力倾向的节奏式或纯粹打击乐器的喧闹之外，开始出现了一些近乎优美的旋律。旋律的出现意味着一种纯粹世俗的情感出现了自身的情感形式。一个人对另一个同样的人的情感中出现了一种歌唱性，即一种赞美之情和热爱之情，而且即使携带着世俗化的倾向，也出现了哀歌体与颂歌体。为什么那些世俗的情感中会升起一种哀歌式的旋律或赞美的旋律？是热爱，也是痛苦，是流行歌曲中弥漫的痛苦情感、复杂而纠结的情感使这样的旋律得以呈现。流行歌曲中所吟唱的爱常常携带着复杂的痛苦之情，它吟唱的离别、分手这些习以为常的现象背后，也同样隐藏着小小的死亡之感。任何一种分手甚至离别，都意味着一次隐秘的死亡事件。任何离别与分手中都有死亡的哀伤，是其中的痛苦赋予流行歌曲，大多数是爱情歌曲以某种近乎“神圣”之情感，使哀歌与颂歌式的旋律得以成型。

流行歌曲经过了对乡村音乐的借鉴，经过了节奏所支配的单调性——犹如民主政治在世界范围内经过了单一的利益动机——出现了植根于个人情感经验的曲调，这实在是一件令人安慰的事情。个体的政治经济属性或许相对较易确认，而个人的文化属性、个体的情感属性获得一种渐趋成熟的表达，则是一个更为缓慢的结晶过程。

当代流行歌曲，是一种新生的旋律。它不再是植根于共同体的情感与经验基础之上，不再是植根于宗教背景的共同体情感之上，也不再依赖民歌传统，而是植根于个人的情感基础上，植根于一个个体对另一个个体的情感上。这里依然有爱、思念、忠诚，以及离别、分手之苦，也有哀怨、谴责、内疚、负罪、遗憾、忏悔等情感的长吁短叹，它将现代诗歌的抒情主题与文学性的叙事融进了旋律，然而这不再是对一个共同体的情感，而是一个个体对另一个个体之人的情感，并从中升起了一种歌唱的旋律。个人的情感、世俗的情感开始在音乐中具有了自身的形式或模式，并开始具有了意味。一种非共同体的、非神圣化的，然而却因为其中的爱、思念以及哀伤与痛苦的歌声而显出某种新属性，即个体内在属性的神圣意味。

谈论礼教的孔子时常令人生厌，然而一个热爱音乐的孔子会显出他的“礼”的观念的某种隐秘含义，及其礼的未确然性。在某种程度上，孔子的音乐梦想使他超越了礼的政治理想，对音乐的钟情使他超越了自己。孔子是中国思想者中最早具有音乐政治学和音乐人类学思想的人。大家都知道他听见韶乐而三月不知肉味，都知道他与弟子们谈论生活理念时并非那些治世济人辅佐君主的人世间的细枝末节。他深深喜欢曾点描述的那种在夏日里与几个童子去河边沐浴而自由歌唱的欢乐。孔子是一个音乐爱好者，他对歌，也如同对一般的问学之道，随地得师，学而不倦，“子与人歌而善，必使反之，而后和之”(《论语·述而篇》)。他也常以音乐表达自己难以言表的心声，如《论语·宪问篇》：“子击磬于卫，有荷蒉而过孔氏之门者，曰：‘有心哉，击磬乎’！”《礼记·檀弓》记孔子将死之前，在庭院里拄杖散步，犹有泰山崩塌、梁木摧折、哲人将逝的自我之歌。在他的时代，那些歌的主要内容即是诗，诗与乐浑然未分。孔子的诗教亦即乐教。《史记·孔子世家》说：“三百零五篇，孔子皆弦歌之，以求合韶、武、雅、颂之音，礼乐自此可得而述。”可见当日的诗都有曲调，可以弦歌之。

《史记·孔子世家》“孔子学鼓琴师襄子”中，记载着夫子学习音乐逐步精进的各个阶段：“孔子学鼓琴师襄子，十日不进。师襄子曰：‘可以益矣。’孔子曰：‘丘已习其曲矣，未得其数也。’有间，曰：‘已习其数。可以益矣。’孔子曰：‘丘未得其志也。’有间，曰：‘已习其志，可以益矣。’孔子曰：‘丘未得其为人也。’有间，有所穆然深思焉，有所怡然高望而远志焉。曰：‘丘得其为人，黯然而黑，几然而长，眼如望羊，如王四国，非文王其谁能为此也。’”他对音乐的理解，从技艺的阶段（曲、数），精进到对心志的涵养与人格的认同。最终，竟然能够从音乐中识得相貌黝黑、身形修长、长着羊一般仁慈的眼睛，却又俯视着世界四方的文王。这一故事表达了音乐或声音令人惊讶的真实性：词语可以是谎言，但音乐的曲式结构是真实的，这就是《乐记》中说的“唯乐不可以为伪”，也或许类似于言语活动中“修辞以立诚”的含义。因此他并非只是一个音乐爱好者，音乐处在他思想的核心，并且超越于礼的政治思想。他向苌弘问乐，实是通过音乐验证苌弘最高的政治理念。

对孔子来说，音乐意味着人类社会最理想的关于和谐的梦想，他的政治智慧来自于音乐，来自于听觉上的观察。他惦记的礼或周礼，意味着一种理想的秩序，这既是社会秩序也是道德情感的秩序。然而，礼总是建立在一种有效而合理的区分机制之上。没有一个社会不是建立在各种区分机制上，没有一个社会不是有着等级制的，即使在谋求政治民主与经济自由的社会，即使在现代工业性的大规模生产、市场流通与消费所促进的无差异感、复制感、均值感的社会，也会重新发明出差异、类别与等级，发明出新的区分机制，以构建社会更加隐含的礼制与秩序。音乐也隐含着对秩序的追求，乐首先要克服噪音与混乱，但这只是音乐的初步理想。礼也消灭噪声、消除混乱与无序。乐的理想则更高，乐建立在“和”的基调之上。礼存异，乐求和。孔子将乐置于一切礼以及与之相关的典章制度之上，这也意味着将乐置于学问之上。如果说礼是对人的行为的外在规范，那么乐则是人心志中最内在的形式律。音乐是一种体现个人内在自由的自我规范。礼是对差别的提醒，乐则是对和的赞同。乐在和的诉求之下，在差异与秩序之中寻求差异的消失。礼的遵从只是向乐的和谐渐进的一种初期过程。音乐是政治理念之源，音乐表达了社会生活中渐进的政治合理性，即礼的合法性之源。然而，乐更加神秘，因为音乐又是非理性的和一切神秘存在的庇护所。

然而孔子的音乐思想显然陷入了对一统音乐的梦想，从而被单一的和谐意志所支配。他所欣赏的音乐依然主要是礼乐，礼成为乐的定语。他欣赏的音乐是韶、武、雅、颂之音，说白了主要是官方音乐，是被权力所征用的音乐。说得好一些，他注重的是体现了政治共同体情感的音乐。韶乐是想象中的尧舜文治时代圣洁平和的音乐，武乐则更像是一种原始部落社会举行大规模杀戮仪式上的一种伴随着舞蹈（战争模拟）与演剧性质的战歌。武王征伐朝歌时的军乐就是武乐，不仅是武乐，或许大多部落社会的早期音乐都是杀戮仪式与祭祀仪式的一部分。这是一个古老的延续至今的音乐传统，在某种意义上，今天的战歌与国歌依然具有这样的一种属性。虽然他出于仁慈，把最高的尊敬献给了韶乐而非武乐，但在对郑卫之音的鄙薄上又再次显示了他在音乐政治学及音乐人类学上的偏见。

他对郑卫之音的鄙薄也就是他的政治观念与权力观念的一种表达。今天虽然已经不可能聆听到郑卫之音，但可以想象的是，被夫子斥之为“淫”的郑卫之音一定是一种关于个人情感的吟唱，一种违背了礼乐，即没有政治庆典与战争仪式“崇高”的含义及庄严敬慕的曲式，也没有反映共同体的政治情感，郑卫之音或许就是当时的官方音乐即韶、武、雅、颂之外的流行音乐，是社会自身产生的，不是出于政治统治、宫廷礼仪或战争仪式的目的，而是出于人们心中的情感诉求、带有自发性的流行音乐，是最初的个人化的音乐或流行于民间的音乐与歌曲。注重乐而不淫、哀而不伤的夫子，不仅会把郑卫之音视为淫邪之音，而且对和谐的注重或许会把这样的一种音乐视为噪音。在礼乐化的政治想象中，在统一与和谐的仪式般的音乐即礼乐的梦想中，表达个人之情的音乐显然属于社会和谐之外的噪音。不符合礼制的音乐在他看来就不是音乐，而是违背和谐精神的噪音。这种音乐在他看来，不仅不能进行教化而且会伤害风化。或者说，夫子没有在音乐理念上体现出独特的个人志趣，而是对其音乐政治学的体现。而这种音乐上的个人志趣，即独特的个人的声音，而非在权力音乐中被和谐的声音，已经出现在郑卫之地了。由于夫子的音乐政治观与充满偏见的音乐人类学，对音乐更具个人解放性的观念直到嵇康时代才在其“声无哀乐论”里初露端倪，在唐代深受胡乐影响的音乐形式中得到早期确认。

对朝歌“酒池肉林”的政治道德的批判，对萎靡的郑卫之音的道德指责，或许都间接地告知这是一个较为富庶和个人情感表述较为自由放任的地方。如果夫子不是过深地眷恋政治与教化的韶、武、雅、颂之音，过分地关切礼乐，这些最早的关于个人内心生活和情感状态的咏唱吟叹会使他在政治化、国家化之外发展出一种更具内在性的关于个人的观念。但他对礼乐（秩序）的关心使他难以倾听从最敏感的个人心中所传递出来的更真实的声音。这种来自个人内心的似乎有点淫乱的音乐，已经透出礼崩乐坏之后的新的社会秩序的萌芽。它诉说着无数个人的心声而非权力的声音，它诉说着个人的情感与欲望而非统一性的权力意志，它诉说着个人生活的瞬间真实而非表演性的政治仪式。郑卫之音或许就是一个社会自身的风俗开始超越权力控制的时刻，是个人的声音以音乐上的不和谐音出现的时刻，但这一伟大的音乐思想家关于人类社会和谐的统一性梦想，使他错失了这一倾听并转达出一种新的道德思想的时刻。那个时代最新涌现的音乐，本应成为旧的礼乐崩毁之后新的乐思的基础，并从这个音乐形象中，在一种痛苦分娩过程中诞生，或描述出一个新的个人形象。音乐不只是既定秩序与伦理规范的一种表达，音乐本应是痛苦分娩过程中事物与秩序的一个庇护所。音乐是一种先于任何礼制或典章制度的人们心中的声音，音乐因此具有预言的属性。当然不应该对夫子抱有这一期待并苛责他，因为他的音乐政治学的最高目标就是具有统一性的和谐，但这也告诉我们，他的仁者爱人的政治理念之所以难以避免地陷入被权力的专断利用，与他音乐政治学上对个人声音的鄙薄、对连接着人的欲望或愿望的不符合礼制的音乐的鄙薄、对和谐整体的过度推崇有关。其相似于现代时期集权的音乐政治，想要徒劳地把一切声音、音乐与噪声规范于“主旋律”之下，或使之在喧响的主旋律下被迫沉默。或许，据此可以追问一句，如果音乐确实具有某种神圣的品质和预言的属性，那么近现代音乐的演进，尤其是二十世纪至今的音乐，预示着一种怎样的未来世界呢？

在社会群体中，人是一个礼仪性的存在，道德使人际间的日常生活带上了神圣礼仪的性质。乐兼有礼的属性，然而乐突出了个人的内在状态。

当深夜从噩梦中醒来，处于恐惧之时，听见窗外有车驶过，有人声的轻微喧闹，你深深地吸一口气，生活的背景噪音此刻显得是多么令人感到安慰。背景噪声魔法般地瞬间驱散了惊扰你内心的重重阴影，生活的背景噪声给予你安全感。如果此刻只有莫扎特的协奏曲，那么，你恐惧的事物几乎就会变为真实。噪声是现时性的物质符号，免于世界只是一个梦。

在噪音与沉寂之间，我们寻求音乐；在噪音的折磨中，我们寻求安静；在死一样的沉寂中，我们喜欢噪音。思想如果是真实的，就需要沉浸于社会的噪声中。他倾听噪声，逐渐变成和弦的噪声。在群体意见的喧哗纷争中，有人寻求避世隐居，躲进沉寂的山林或线装书；在独裁者制造的沉寂中，有人以血泪和死亡发出不和谐的噪音，他带给沉寂中的人们活着的感觉，以及对可能性的知觉。

少年夜行时，会惊觉置身于生活的背景噪音突然彻底消失时的恐惧：沉寂中什么意外都会发生，沉寂中幽灵就是真实。胆怯的孩子会吹起口哨，或顿足或喊叫，为自己的听觉制造出一点点微弱的噪音。在沉寂中，噪音能够驱邪。

噪声是一种寄生性的"事物"，噪声意味着有某种或许多事物正在运动或活动，噪声是一个运动着的世界的声音背景。新闻与信息就是这一噪声现象的显现。没有这一噪声背景，意味着只剩下意识形态宣传机器的噪声。

诗歌话语是一种保留语言的背景噪声的话语。语言和词语中充满歧义、多义、音义的游戏性，模糊不清之处，与"象"之间的原始关联等因素造成了背景噪声。日常交流中，人们尽量清除言说中的多义性、歧义性以及语象所产生的噪音，使含义清晰。然而诗歌沉浸在语言的噪声背景之中，保留并利用歧义性与多义性、音义的游戏性，增添着语言中的“象”，以增强语言和意义的阴影部分，强化着语言的背景噪音。诗歌语言是因背景噪声而颤抖的语言，纷繁的歧义是飒飒作响的语言，是一种尚未获得明晰话语形式的意义的原始颤动。与音乐一样，它不是寻求以纯净的旋律与节奏来完全清除噪声，而是组织噪声，把噪声融进声音织体。诗歌话语确立了这样一种言与义的关系，即是一种并不企图清除无意义的背景功能或语言的背景噪声的话语，就像我们虽然一直转换着我们经验中的意义，但并不彻底清除或否认生命中的无意义感。因为无意义的感受与生活中的背景噪声一样，是真实世界的一部分。

音乐是一种声音的乌托邦。音乐是神话的纯声音形式。音乐让人最终抵达有意义的沉默。音乐是被禁锢的语言，又是被解放的言说，在沉寂与狂躁的声音之间生成言说。音乐是被解构，同时又能够被重构的神话。音乐是神秘的仪式又是行为，是牺牲和节庆，是忏悔和狂欢，是再现和生成，是虚无和秩序。音乐是对时间流逝的再组织，并生成时间的可逆性，是声音中的冥想和梦，是从遥远异乡的复归，是向被允诺之地的返回，是复归与返回的不可能，是瞬间的抵达和永久的分离。它让人感知痛苦并生成陶醉。无论流行音乐如何诉说怀疑和痛苦，只要是音乐，最终总让人相信。似乎音乐不能被逻辑地、线性地表达，只能被格言式地表达，被重复，就像反复聆听一支曲子。

倾听音乐是身陷迷恋的一种方式,听音乐是被理性允许的非理性的迷醉。音乐可以取代物质性的迷醉品。听一支曲子,就是听一种含义尚未明确的语言所讲述的神话。因此,即使一支曲子连续听上几天也依然是一个不解其意的诱惑。奇怪的是它竟然让人安心,让人相信。

偶尔会出现一种毁灭性的噪声震荡,它并不是震耳欲聋的噪声,但其频率与密度恰好与心脏的跳动产生某种共振,且愈加诱导心跳朝着窒息自身的频率加速。所幸的是,其忽而就被重型车辆的隆隆声所消灭,致命的震荡声也消失了。噪声消除了噪声。此刻,那种仅仅干扰听觉、刺激神经的噪声几乎就是福音了。不知是来源于自然界遥远的雷声风暴的余震,还是这个工业化的生活角落里的某种微弱震荡,或许这就是那种能够用以制作杀人武器的听不见的“次声”现象的一个摹本。

春秋战国时期的诸子都乐于谈论关乎礼乐的音乐,音乐是社会、世道人心的一个拟象,音乐是一个象征界、一个象征物,关系着不可见的“道”、可见的礼及其秩序。乐兼有礼的一面。而绘画则是一个再现,一种复现,汉魏之后才渐渐呈现绘画在文化史中的地位，才被赋予视觉的象征意义。音乐是一种语言，绘画是词汇。事实上，象形文字本是绘画的早期形式。音乐是内心生活的语法。

即使早已不再具备礼乐的意义，不再充当一种仪式化的象征物，或“非常道”的象征界，音乐依然是经由理性与神秘合作的符号建构，依然暗示着合理的秩序，暗示着和谐与噪声的关系，成为一种失去神秘性的自然理性之后的慰藉。

一种模式越是本源的、有机的，它的解释作用就越强。即使在形式与功能的衰落中，音乐（还有诗歌）的关联域依然宽广深远。一种（叙述）模式是派生的，即使非常普及，如电影，其阐释空间还是很小，它的关联域仅仅涉及某种当下性，而缺乏漫长的演变与生成的历史维度。但后者的解释或许具有指向未来的和不确定的预见性。

是否存在着一种半音书写，不使用词语的饱和语义与常规语义，而使用词与词之间的切线上的混合语义？

波德里亚这样谈到作为一种方法的“可逆性”规则：“不管什么材料，都应该有一种诗意的解答方法，它包含并且容纳着某个有限整体中的若干碎片——只需寻找能够组织微小细节的可逆性的规则，如同在诗歌中一样——所有碎片中的变形影像及改变字母顺序的文字游戏——就像是没有任何残留物,一切都应该找到它的位置,一切都应该找到它的结局。”(让·波德里亚.断片集——冷记忆3.[M].张新木,陈旻乐,李露露,译.南京:南京大学出版社,2009:88.)

维吾尔族音乐,尤其是木卡姆演唱,是一种罕见的自由精神的表达,但是人们能够欣然接受它。因为它是艺术。如果一个群体或一个人用词语说出,有人就会对其进行无情地打压。哦,音乐。

一个木卡姆演唱群体,一群完全忘我的自由精灵,他们在一个他们不在的地方。他们是木卡姆的同一个化身。他们弹唱着萨塔尔,用双手敲打着怀中的手鼓,每个人的头、肩、手臂、盘坐的双腿乃至双眉都在颤动,他们的身体是节奏、和声和旋律的短暂停顿,他们是音节的可见形象,他们似乎也会随着音乐的终止而像一场狂风暴雨消逝在无际的沙漠,只留下一道声音的彩虹,在安拉的声音刚刚消失的天空。那些彬彬有礼的智者一样的老人,不知为什么,在手鼓和萨塔尔的演奏中,似乎是狮子汗的声音,是公驼汗的声音,是吉哈德,是喧礼,是呼愁,这些是他们所熟悉的。而“音乐”是一个陌生而异己的名字。那是一种燃烧着的悲伤,一种遥远的隐忍,一种没有意识到的自我伤害的柔情,是一种比火焰还热烈的泪水。它会烫伤一切脆弱的认识。如果这些演唱出现在人们不熟悉的传统仪式上,出现于古尔邦节的圣人麻扎周围,你一定不知道如何界定这种狂热的自由精神,“半个脸被火焰燃烧,半个脸依然流淌着爱的眼泪”。这种爱，这种迷思，这种参证，他们在参与一种源自古老世系的精神生活，通过手鼓、萨塔尔和其他拨弦乐器。他们沙哑的声音，是火烫的沙漠与甘美的泉水糅合在一起的声音。木卡姆，这是一种穿过时间的连续性话语，燃烧着身体却无比神圣的话语，不可为他人所复制的话语。它是那些以戈壁与雪山为背景的精神生活的中古形式，有着中古时代的高贵、英雄的柔情与狂热，与观赏者的意识相距天壤，但是，当人们叙述这种音乐的时候，你说，这是艺术，似乎就安全了。“艺术”是一个事物得到弱化的名称，是用今人的“娱乐”或短暂的狂欢过滤掉其强烈精神气质的一个被偷换了概念的神圣事物。“艺术”，一个释放并囚禁自由精神的形式。我们是如此脆弱，一定要将之囚禁起来，才能听赏和目睹这自由精神的现实。必须在观念上以无足轻重的“艺术”之名削弱它那活生生的化身，我们才敢热爱它。哦，艺术。

木卡姆：似乎它在呼唤一个神圣的名字。或许，那就是附体，一种通过声音的显灵，在沙漠之上，像一场来自天国的沙漠风暴。他们身体的每一点、发出的每一个音节，都像无数裹挟着雨点的风暴融入一场暴雨，像沙粒卷进滚滚灼热的流沙。韩子勇如此富有体会地描述了木卡姆的繁复形式与诞生了它的沙漠环境的相似性：“它的节奏和篇幅是对起伏不定、无穷无尽的沙漠的模仿，急音繁节，一浪高过一浪，相互追赶，相互缠绕，相互抽打，直到被埋葬在众声喧哗的暴风骤雨之中。”木卡姆的演奏群体不仅用声音迷惑我们，也用他们的姿势触动我们。这是不可考据的，但却是极其感性的经验，即使是纯粹的想象性解读，也穿透了一种艺术形式与一个族群的感知力之间鲜为人知的秘密。

除此之外，声音早就被征服和征用了，被“政治”、被歌迷们娱乐。音乐里再也没有什么不解之谜，没有什么无法控制的能量。声音，色彩，进入了感官娱乐的平庸境界。它们不再是感召一个精神共同体的语言。音乐，美术，只是用来营造一种个人的风格，一种个人化的氛围。

不仅音乐在它的历史中逐渐改变本性，语言同样被娱乐和社会信息手段所征用了。但是你通过和它们——娱乐与信息的间离，通过“写作”这一名称，使得语言中的能量得以贮存和释放，使某种被窒息得以浮出水面换气。

人们愿意一再地回顾这一认识，诗歌、音乐，还有一些别的古老的艺术形式，比如绘画、戏剧，最初是社会参与性的，是一个共同体的和社会性的神圣经验。无论那些智者赋予艺术极其正当的力量，还是感受到虚构力量对“理想国”的威胁，艺术都不会被孤立于社会经验来看待。艺术被共同体编织进一种社会网络的节点上。艺术不能被单独地看待，否则或许整个社会文明网络就会散开。不仅是诗歌与道德、教化的关系，音乐与政治、农事之间，甚至是与星座天体之间，也存在着近乎自然的连续性。然而，无论是认为艺术逐步取得了其自律性，或者是真的被逐出了“理想国”，或被“边缘化”，艺术经验却真的变成了一种孤独的体验。读一首诗，听一首歌，甚至聚在一起观赏演出，艺术都无可置疑地变成了一种关乎内心世界的体验。艺术，被驱赶进一种个人化的孤独体验之中，使它愿意待在孤独里并享受其孤独。艺术经验于是成为个人主体性的安慰。

博物馆或客厅墙壁上的绘画与原始洞穴石刻（艺术）再也无法同日而语。部族祭祀仪式中的音乐、舞蹈、“戏剧”与音乐厅或随身听中的歌曲之间的功能区分，大于其形式上的相似性。艺术的自律性不仅是在与其他强制力量的对抗中所争取的，也是被一种巨大的社会力量，比如近代的理性化、经济生活和劳动分工等“孤立”起来的一个事实。一种期望恢复艺术起源时刻的社会功能的理论，自然对自律的艺术报以极其失望的态度。这样的认知或许恰恰贻误了艺术对个人的内心进行前所未有的自由塑造的力量。显然，起源的因子会作为艺术的可能性一直携带着。

艺术从仪式功能的消退到审美的增值，从社会集体功能到个人内心表现的转变，由于我们共同置身于世俗化、人文主义的历史语境中，似乎不应该对艺术功能的改变属性持完全否定的态度。即使在人们期待艺术具有更深刻的社会文化功能的时刻,也不应要求一种不可能的逆转。艺术存在着一种不是直接进入社会功能层面的能量,而是具有通过个人的内在性发挥作用的社会功能。

伊凡·休伊特说,文化保守主义者把调性视为“自然的”,但他却认为调性是“历史的”。“当身体、精神和数字的比率全都被证明为某种原始音乐单位所吸收时,也就很自然地会明白,所谓的‘共性实践’的调性语言就是一种‘永不变更的客观真实性’,通过时间慢慢展露。这里不是挖掘深层次、以弄清楚调性究竟是‘历史建构’还是‘自然给定’的场合,完全可以说,证据在最充分时也是模糊的。如果说西方调性的活力系统是音程物理学及其相应的感知(‘悦耳协和’和‘刺耳不协和’的划分)所必然派生出来的话,那么你就会期待每一种音乐文化都能够有此发现,然而严格意义上的调性其实是非常局限的现象,只是大约在西方十七世纪以后才出现的。共性的基础是一种历史的动力过程,如今几乎每一种其他文化都在热切地接纳西方体系,但这个事实毕竟不足以证明调性果真是出于自然。它所能证明的是,那些文化的命运如今已融入了现代性。普遍的立场认为调性是个‘历史性’的动力体系,而不是什么不可变更的自然法则。”(伊凡·休伊特《修补裂痕:音乐的现代性危机及后现代状况》,孙红杰译,第 145 页)

依然令人迷惑：一种艺术形式是一种历史建构还是有其“自然”属性呢？当然，通常人们会把这个貌似被制造出来的问题进行一个“既是……又是……”的“合题”，而不是矛盾的提问，但这样做并不能使认识更深一层。比如音乐中的“调性”，虽然出现于某个历史情境中，并且具有同一时期“共性实践”的特征，但调性果真就没有听觉上的普遍意义，没有它的“自然”的属性吗？即使现代艺术理论和艺术史已经充分肯定了无调性音乐，人们还是喜欢接受调性音乐，即使是一些修养很好的听众。调性语言有无证明其“自然”的根据呢？除了调性语言是音乐在某个历史情境中的创造之外，它是否意味着音乐对某种近乎“自然规则”或精神法则的探索呢？就最明显的“节奏性”而言，它显然不能与人的心跳、呼吸、步伐等脱离关系，其在更广泛的领域还有被视为自然节律的现象。没有人会完全否认艺术形式的成熟来自于某种历史情境与历史建构，但若只是历史构成的话，艺术自身的规则（我们总觉得一直能够从中分享某种具有永恒意味的形式）岂不是一种历史随机性的产物？

现代艺术领域的变化的确能够看到历史的建构作用，现代艺术的演变逻辑似乎表现出随着历史情境和材质、材料的变化而变化。但若艺术确实比历史情境中的其他事物具有更为恒久的生命力的话，这种生命力又如何会来自那些更为偶然性的事物？人们很难把历史情境与历史过程看成比艺术形式具有更加本质属性的存在。

某种音乐形式是某种特殊的文化史中的建构，然而在聆听拉赫玛尼诺夫或马勒的时候，你总是觉得调性音乐近似于听觉上的第二自然。当然，你还可以回答说，这是接纳西方观念体系的结果，是听力训练的结果。似乎耳朵排除不谐和音这一“自然”倾向完全没有必要考虑。

回到一个较为熟悉的领域，一个事实是：你宁愿读加缪或者思想正统、叙述平易的埃克絮佩里，也难以阅读《尤利西斯》或贝克特。不错，他们写作的文学史意义你知道，但你就是无法把他的作品读下去，甚至连续看几页都是困难的。那是一种自寻枯燥乏味的活动。你读上半页就知道，是的，他颠覆了话语逻辑，他解构了句法，他使语言的意义之链产生了某种断裂感。虽然，这是贝克特，可是，你根本不需要再阅读下去。因为你知道你读完一本书所知道的依旧跟读半页一样多：他要表达的是荒谬，是无意义，是空。这些，不需要再读。是的，多荒谬。没有情感的诗歌，没有叙事的叙述，没有意义的话语，没有音乐的噪声，它们极其深刻也极其肤浅。没错，音乐不喜欢文学性，绘画不喜欢文学性，建筑不喜欢文学性，现在，轮到文学也不喜欢文学性。可是别忘了，噪声没有，涂鸦也没有，每天街道上耸起的大楼也没有，它们都推崇各自的“技术”，这可真是一个技术至上的时代。没错，这些活动中总算有一点点可怜的东西，就是“技术”。“技术”这个词常常也从诗人们嘴里自豪地说出，因为如今技术无处不在。技术成为可简单习得的操作，技术的最高境界就是使之“傻瓜化”。当然，这是一种保守的指责。

Ⅵ

论古典感性

大雾弥漫,笼罩着地狱般感觉的建筑工地。车辆驶过窗外,车轮溅起嗞嗞啦啦的泥浆声,浑浊的冷雨,空气的不透明,不知是雾气的颗粒,还是心中忧郁感的弥散。到了夜晚,连工地上的灯光也像一团团肮脏的烟雾。真正让人抑郁的是,不透明性的背后什么秘密也没有,只是视线的消失,就像一阵认知的盲目。

又回到了这个只能称之为建筑工地的地方,无法想象在这里曾经生活过的文化史与思想史上的那些人物。

王安石《州桥》诗:“州桥蹋月想山椒,回首哀湍未觉遥。今夜重闻旧呜咽,却看山月话州桥。”王荆公的州桥岁月是何等地经世致用。人们生活的开封的街道上,仅竖着一块水泥牌子——州桥遗址。

窗外多个居住小区正在建设之中。新城没有历史。新城在图纸上规划了一个不再有未来、不再成长的空间。一家超市,将会是新城的生活核心。除了孩子们,不会有什么在其中成长,只有物质的衰老。新城一经建成,就进入它的物质性衰变而不是成长。古老的城市有着天文学般的象征格局,也留有城市自身缓慢生长的空间性,即社会生活意义上的随意性与有机性的空间建造。后者与个体的生命有着隐秘的联系。

在你熟悉的地方，烦闷像雾一样弥漫着，像垃圾一样堆积着。通常，抑郁和烦闷在你生活于其中的地方。而远处的魅力在于它是一个你不熟悉的地点，一个没有你的日常记忆的地方，通常那里会显得明净。抑郁的人应该到一个他不熟悉的地方去，空间的明净会净化他布满浓雾的身心。

一个将维新、革新、创新变成历史关键词的民族，最终将文化创新能力变成了山寨版，一个真正古老的民族最终将自身的古老也弄成了假冒。

进行词的分解，这是写作者的秘密仪式。一个关心意义感知如何呈现的巫师。词语，看不见的瓶颈，矿石，灯具，可燃物。一种隐秘的激情扰乱了句法，造成句子的褶子、折叠、曲折。分解产生褶皱，分解与褶皱同时呈现，那是某种内在力量的沉陷与上升。深度不是深层的空间或挖掘，深度是褶子与曲折的展现。高度可能是抽象的结果。

我写作，因为阅读时能够激起精神的书越来越少。一些你已经读过了，一些你早已想过了。你望着书架上读过的书，像一些经验不足的生手发掘过的矿藏。

这个世界是这样缺少意象，就像缺少洁净的水，缺少明澈的光。他在黄昏走过街头的时候想，没有形象的世界，一个抽象的世界一点都不可爱。生活的热情和世界的形象一起消逝了。可是，脏兮兮的霓虹灯亮着，人群攒动，散发着异味的护城河边还在发出施工的嘈杂声，路的转弯处，一排排安置房像兵营似的竖起来。可是，这个世界自身的形象却消逝在这一切背后。一个冬天连一场小雪也没有看到。他想着这些乱糟糟的想法，一个醒目的脸庞一闪而过，一个美的意象照亮了这个傍晚。美继续是隐秘的救赎经验。

世界属于某个人吗？显然不。唯有对万物的感受属于某个独特的人。这是幸福抑或不幸的秘密。万物唯有作为私密的感受才存在于个人的心底，就像它存在于思想与诗歌的传统之中。

我的窗口失去了荷塘，消失了杨树和柳树，没有了鸟群，消失了地平线，天空也狭窄了。我的窗口没有了黄昏、黑夜和黎明。眼睛和耳朵的福祉没有了，内心的喜悦也没有了，但人们有了工厂或兵营式的住所，有了巨大的集装箱模样的安身之处。

在小树林边缘移动着的半明半暗的黎明，夏日午后的南风吹响着大片荷叶，一次次呈现在你的梦醒时分。现在，这些印象像一个无法返回的梦。此刻，我的这些酸酸的字句，像一个过时的浪漫主义者似的，其实，一切早已消失，只不过在这个偏僻的地方，你侥幸看见已经消失的事物的一点儿遗迹。现在，这点痕迹被清除了。

窗外的树林消失的时候，我把一幅并不高明的山水画挂在书架对面的墙壁上。古人书写事物而不改造自然。他们的笔墨与我们已大异其趣。

现代社会不仅隔绝了自然，也隔断了当代文化与古典语境之间的内在联系。

“人静帘垂。灯昏香直。窗外芙蓉残叶飒飒作秋声，与砌虫相和答。据梧冥坐，湛怀息机。每一念起，辄设理想排遣之。乃至万缘俱寂，吾心忽莹然开朗如满月，肌骨清凉，不知斯世何世也。斯时若有无端哀怨枨触于万不得已，即而察之，一切境象全失，唯有小窗虚幌、笔床砚匣，一一在吾目前。此词境也。三十年前，或月一至焉。今不可复得矣。”（况周颐《蕙风词话》卷一，二十六节）想起窗外旧时光，摘抄之后无言。

“吾听风雨，吾览江山，常觉风雨江山外有万不得已者在。此万不得已者，即词心也。……此万不得已者，由吾心酝酿而出……”（况周颐《蕙风词话》卷一，二十七节）况周颐想象了一个超验者，一种约略于超验性的存在，却又合乎理性地使之复归于“吾心”，复归于万物之中的酝酿。

接下来，他表达了一种意识到自身之外那一无限的存在，意识到自身与那无限的存在之间的生死契阔的复杂联系：“吾苍茫独立于寂寞无人之区，忽有匪夷所思之一念，自沉冥杳霭中来。吾于是乎有词。洎吾词成，则于顷者之一念若相属若不相属也。而此一念，方绵邈引演于吾词之外，而吾词不能殚陈，斯为不尽之妙。非有意为是不尽，如书家所云无垂不缩，无往不复也。”（况周颐《蕙风词话》卷一，二十八节）不能尽言之意、不能尽言之处，就是吾身与那苍茫无人的区间化为词语的联系。而且，作为这一联系的呈现形式的语言，一定是与吾身的独立苍茫、与寂寞无人之区、与沉冥杳霭不能相脱离的，一定也是匪夷所思的。

意识到自身之外或置身于其中的那一无限者，正是对吾身或吾生的一种最大激励。

“凡人之所以生者，衣与食也，今囚之冥室之中，虽养之以刍豢，衣之以绮绣，不能乐也。以目之无见，耳之无闻，穿隙穴，见雨零，则快然而叹之，况开户发牖，从冥冥见炤炤乎！从冥冥见炤炤，犹尚肆然而喜，又况出室坐堂，见日月光乎！见日月光，旷然而乐，又况登泰山，履石封，以望八荒，视天都若盖，江河若带，又况万物在其间者乎！其为乐岂不大哉！”（《淮南子·泰族训》）如今人们尽可享有这种拓展视野的欢乐，尽可享有漫游中以乘视野的欢乐，可为什么人们已失去了这一欢乐的能力。只有一个结论：我们依然被囚禁在某种冥室之中。

古代社会采取了社会的宇宙论形式或社会的宗教象征图式，通常被认为一种超越于人类社会的隐秘结构、超验力量或宇宙之“道”为人类社会提供了秩序及其原型。这一象征图式及其符号世界将一种神话结构投射到人类社会秩序之中。在这一象征图式中，人类社会处在一种“中间层”的位置上，还有一个“之间”的存在区域，而天子（犹如宗教中的神子）或君主就是神与人类之间的中介，是神在人类社会的权力代理人。虽然西周的礼制及礼乐象征体系在战国时代已经解体，但在知识阶层和民众心中，礼乐象征体系及其符号依然构成了一种静态世界观的稳定核心。一种天人合一的宇宙论思想与符号依然是有效的。这种宇宙论的象征秩序在权力层面上沦为纯粹的意识形态欺诈，在知识阶层受到质疑的时刻，也潜入了普通民众的生存无意识，以至于成为一种政治无意识，甚至唯有一种心智的独特努力才能将这一感受上升为意识经验。道家学说和某些儒家学说中也出现了与宇宙论的象征秩序不相吻合的经验，《古诗十九首》的个人化经验与怀疑论态度，以及陶潜的“与影子的对话”这样的生存哲学思辨，在经验的描述上，是与宇宙论态度相抗衡并分裂的。而这一与宇宙论的象征秩序相抵牾的经验与感受，产生了以儒学为凝聚力的制度这一后果。

1911年，旧制度的崩溃伴随着宇宙秩序及其符号象征体系最终解体。尽管旧制度的解体是瞬间的事件，类似于新闻事件，而旧秩序、一种宇宙论秩序的解体则是缓慢发生的隐性事件。在此意义上，白话文不仅意味着语法结构的解放、散开与逻辑化，而且也意味着从语言符号的原始象征主义返回到语言的现实主义场景。一种经验论的思潮在取代思想中的先验象征含义。一种早已堕落为被暴力的统治秩序所笼罩的宇宙论的、符号象征主义的有效性，在知识阶层的观念里彻底破灭了。而这套符号象征主义在下层阶级中，在脱离了权力秩序之后，依然混合着新的利益化的意识，成为底层社会的精神元素。

在白话文的生成过程中，一种改头换面的宗教膜拜意识被塑造成底层社会的“政治觉悟”，与之相比，新文学或新诗所能够展开的白话文，是无法与重新控制底层社会的变形宗教相抗衡的。宇宙论的象征主义及其符号系统，复活于“革命意识形态”的象征主义之中。这种象征主义的宇宙论色彩蜕化了，但人类学的或历史主义的色彩更浓厚了。

一位建筑学家写道：“每当面对风景时，我们都满心惊诧。美妙，感悟，降福。一种完全的、原始的惊诧，面对事物的在场。于是，存在重新呈现在我们面前，神秘，无法理解。这种体验有时是在一些不常见的、极端的条件下产生的，就像面对建筑时的激动，面对建筑激发出想法时的激动。次日早晨，当我们走出森林时，在回程的路上，我们看到，都市的世界像是一大片工业的工场，喧嚣，盲目，就像一个巨大的谎言。我们想重新找回那种心醉神迷的喜悦，我们还记得那种感受的鲜明，但是，我们总要重新找回丢失的钥匙。”

面对风景时的片刻惊诧，总是被人们最终惋惜地或合乎情理地弃置了，我们总得找回自己所建造的这个世界的合理性，甚至美感，甚至找回那种几乎类似的激动。然而事实上，二者判若天壤。面对风景的满心惊诧是瞬间的真理直觉，并且在比照之下，傻子也看见了谎言似的都市景观，但似乎我们不能再持续地生活于这一真理之中，却依然能够为返回到谎言中，从而在“诗意的栖居”中找到充分的、疑似更深刻的真理。我们的全部伎俩（技能）就是精心制作出远离事物美妙降福的抽象环境及其高明的理由。大致如此而已。

还是那位建筑学家说过，西方的一个理念或偏见，即认为所有的理解力都意味着“抽象表述与概念生成的过程”。思想意味着让人从沉浸其间的各种感觉的无限杂糅中抽离出来，即把事物抽象化，把各种体验普遍化，以抽象化的指称命名事物，对所有的事物进行词汇编目，进行相关性的陈述，而无需重新经历感性经验，无需感受。

丢掉的是感性的神秘、感性的真理、感性的赐福，接着从各种抽象的概念中找到补偿性的东西，以为找到了丢失的东西，其实这扇门永不再通向“事物的在场”，永不再有人与事物面对面的在场。人自身的存在与生命被偷换掉了，而把谎言的稻草悄悄填充进去。

感性的自然事物的在场，是前工业社会里人们的最大福祉。一个满怀忧伤的人、失意的人、被离散或流放的人（古典诗歌中的主体类型），或江岸送别，或独坐山间（就像古代绘画中的常见情境),一个人周围的自然事物及它所形成的感性氛围,都在悄然化解个体的悲伤,都在成为一种慰藉的力量。人身边的自然物象就是一种“高于个体”的准宗教性的语境,而且这是一个随着仰望、俯视,随着凝视和沉思而逐渐扩展着的浩瀚语境,直至语境扩展至整个自然界、整个浩茫的宇宙。随着个体的人在山水间被恰当地缩小尺寸,他的所有痛苦亦被安置于一个相对恰当的、微不足道的位置。

这一安慰的力量消失在无边的人际和人为环境中,在这一比个体的心灵更为逼仄的语境中,他所有的苦痛与焦虑都变得加倍地不可承受。

你寻找的是一部书吗?饥渴的思想在书中寻找的是一种隐喻,就像感官寻找的是瞬间的明亮,它们都能够洗净蒙尘的感知力。

无论阅读了多少,还是被一种匮乏感所渗透,你是更广泛地寻求未读的书,还是重复阅读一些属于自我密谈者的书?

你寻求的是将感官的直接性与思想的抽象能力融为一体的语言。在面对事物的时候存在着这样的瞬间。

我们失去的是一种感性经验之慰藉，生命失去的是感性之谜，或者说失去了一种生命的美学。即使是政治民主制，即使是合理公平的利益分配制度，也注定永远不能成为失去的感性之美学的等价物。

在身体与事物之间有一种感觉，在身体与环境之间有一种身体之思，在身体与空间状态之间有一种关于时间与生活世界的哲学。我的窗外是一个建筑工地，是在建的集装箱一样的楼房。人们的身体就是廉价的打折的货物。集装箱重新定义了身体，集装箱式的楼群定义了时间和生活。

路变得直了，没有了蹊，甚至也没有了径。人们对空间进行了修剪，一切都变得利于直行。空间中驳杂、繁复以及细密的一切都渐渐消失在看不见的剪刀下。“秘密”的空间消散了，只有整齐划一与脏乱混杂着，比如公园里乱丢的废弃物、马路边没有清理的垃圾。世界的每一个环节都处在简化的程序中，机器在替代人工，人工在替代自然。在思想中，也在语言中。

“下雪了……”，有时看到这些字眼，想到这些字眼，就似乎接触到了字灵一样的雨和雪。如果需要，这些叙述的字眼足以唤醒某些事物中的灵魂。就是说，回到某一次下雪的时刻，在一个空空的台阶上，在枯草堆上，这些描写会带来一丝真实的寒意，一丝真切的夏日午后的凉爽。

不幸的是，有许多事物真的只剩下字眼了。如河流，飘着的晨雾，游动着的一群群细小的、身体透明的鱼，水声淙淙淹过如鬃毛一样顺流下滑的水草。如僧人，如晨钟暮鼓，如渔舟唱晚。是的，有些事物只剩下了一些声音或一个词语。

如果没有可见物，内心生活就会充满迷雾；如果没有烦人的事物和周围的世界，内心生活就会缺乏真实的激情，理念就会成为没有根据的幻想；如果没有语言，尤其没有每时每刻的阅读，让语言文字以内心生活的可见性方式出现，后者就会隐匿。

第一次去帕米尔高原的奥依塔克时，人可以走在冰川上的一条由窄木板铺设的便道上，一直可以走到冰山下。五年之后，我跟女儿再次去奥依塔克的时候，走到山口处就只能停下了。冰川向下缓慢延伸着的灰白色的巨大缓坡已经消失。在山口处向下看，看见的是冰舌融化后凌乱的深沟，但暂时还没有草木长出来，曾经是一条便道的木板条七零八落地散在沟谷里。似乎是为着让我们看见现在的位置与冰川的距离，一个牧羊的小伙子跃下谷底，迅速地向冰川那边爬去，寻找他走失的羊，他不是在走而是在跳跃，一会儿就消失在尚未断掉的半个灰白色冰舌上面了。以人有限的岁月，竟能看见自然界如此之快的变化，并不是一种福音。

坐在一个连小杨树林也消失了的地方，你想把鲁朗漫山的青冈树、栎树、冷杉、松树、柏树……这些字眼再写一遍，通过这些字眼中的目光，再次看见晨雾升起的山坳。文字中有树木的气息吗？你只能通过文字呼吸穿过山林的风。

鲁朗的每一寸土地都对应着人内在的感受力，就像每一种事物自身都在凝神思索，连飘在山坳里的连绵的云也是。

许多时刻留在原地闪光，此刻是拉萨河的水波、对岸的红山和药王山，许多事物留在最初的时刻闪烁。在这样的时刻，你知道一切都等待着语言的救赎。你就是其中唯一的逝者，你是救赎的执行者，在过去里闪光的一切依然如故。

雨打在建筑工地上，再也不闻雨落在一片荷塘或林中的韵味。那时几乎有李清照《声声慢》细雨的韵致："……梧桐更兼细雨。到黄昏，点点滴滴。这次第，怎一个愁字了得。”少年的乡下雨天里，一再地品味过这“愁”字。

听力也有历史。蒋捷的《虞美人·听雨》：“少年听雨歌楼上，红烛昏罗帐。壮年听雨客舟中，江阔云低，断雁叫西风。而今听雨僧庐下，鬓已星星也。悲欢离合总无情，一任阶前，点滴到天明。”

陆游《冬夜听雨戏作》：“少年交友尽豪英，妙理时时得细评。老去同参惟夜雨，焚香卧听画檐声。”其妙理无法细评，无法言说，听雨成为替代难言之物的一种仪式。

自民谣时起，人们就知道以风雪烟雨、以裹挟着风雨的事物来表达自身的各种情绪的微妙之处了。“我自东来，零雨其蒙”(《豳风·东山》)；“今我来思，雨雪霏霏”(《小雅·采薇》)；“日暮酒醒人已远，满天风雨下西楼”(许浑《谢亭送别》)；“秋阴不散霜飞晚，留得枯荷听雨声”(李商隐《宿骆氏亭寄怀崔雍崔衮》)；“日暮隔山投古寺，钟声何处雨蒙蒙”(杨凭《雨中怨秋》)……诗人的离愁别恨里自有风雨物事所带来的安慰。纷繁的事物与烟雨迷蒙对人内在世界的表现，使得内在世界获得了一种瞬间的物化，一种非压抑性地升华至一个富有表现力的空间，致使生命的悲伤与孤苦都得以成为令人眷顾和咏叹的情感。在他们无尽的孤独与寂寞中依然有最具意味的事物相随相伴。工业化之后的诗歌失去了自然的语言。人们的内在自然失去了物化的语言,直至失去其内在自然。我们的苦楚不再有慰藉性的自然语言的纯净化身。我们深陷在巨型集装箱式的房子、堆满垃圾和建筑工地一样的城市,深陷在一个如同四处矗立的电线杆与线缆一样紊乱的世界,这些东西如同我们神经错乱的词汇。

古典时代的诗歌……有多少题目好写?看山。听雨。观水。望月。看云的方式和独特的时刻。

独坐。远游。醉酒。夜归。登楼……为了获得一种古典世界消逝之前的纯粹美学的眼光。一种现代性的批判……唯有在古典诗歌里是真实的。

一个"观水"的范例——孔子观东流之水,子贡问于孔子曰:"君子之所以见大水必观焉者,是何?"孔子曰:"夫水,大遍与诸生而无为也,似德;其流也埤下,裾拘必循其理,似义;其洸洸乎不淈尽,似道;若有决行之,其应佚若声响,其赴百仞之谷不惧,似勇;主量必平,似法;盈不求概,似正;淖约微达,似察;以出以入,以就鲜絜,似善化;其万折也必东,似志。是故君子见大水必观焉。"(《荀子·宥坐》)

其实,夫子给出如此复杂的解释依然无法穷尽夫子"见大水必观”这一情境的含义。仅仅是“智者乐水”，亦不足以穷尽观水这一片刻意识的浩荡。

读古典诗歌，一个人会不会被淹死在无尽的感受性的雨里？这无尽的绵密的感性之物，会不会培育出黛玉式的难以承受的善感性？如果没有一种理性的、抽象的、稍稍脱离缜密之物的笼罩的话。

“失去”（“异化”“缺席”“不在场”）的思想像是一个广泛的无所不在的比喻，并在此比喻的概念上构成了各种各样的“回返”“回归”“寻找”，以及“救赎”“替补”“延宕”——

失去的乐园（淳朴，天真，纯洁，家园，根，确定性）；

失去的道（上帝，神灵，神圣性，本真，真理，意义）；

失去（失传）的文本（未分裂的语言，原始手稿，经书）。

“失去”“失落”或“失传”像是一个关于知识、理性、工业、技术所启动的社会或历史、神学或人类学的过程，而回归与救赎则如同各种各样的前工业社会的浪漫话语与途径。后者被浪漫主义诗学和存在主义的神秘话语所精心加工。由于“失去”与“回归”本身已构建了一个故事、一个逻辑，所以，失落与复归已成为某种思想逻辑和叙事话语的模型。即使“先进”如后现代思想，至少也使用故事的前半部分，以及后半部分的部分话语，它不急于给出回归、在场或救赎，而是自得其乐地玩弄着缺席的游戏，猜想着它幽灵一样的踪迹、捉迷藏似的差异和延宕的嬉戏。

失去与复归的话语模式允许各种各样的借用与偏离。失去可以是一种原始灾难，一种焦虑、病痛、堕落、原罪。围绕着对“失去”的具体含义的各种微妙差异，“回归”也就有着多重迂回的思想路径。原始神话、宗教、哲学、诗歌和小说，都在围绕着“失去”与“回归”的悬案，从乐观主义的、浪漫主义的各种永恒复归方式，到救赎的焦虑和满足于对踪迹的辨认。

“如是我闻”——佛经的陈述方式意在使人回到佛陀本人的声音在场的那一时刻。按照这一逻辑，佛经是“声音中心主义”吗？所有的经书都是对声音而不是对文字的强调。文字是作为脆弱声音的剩余物、痕迹和碎片而传递下来的，而文字书写，就像一种原始的、不成熟的保存声音的技术。

现代的真理探索者在寻找着（失去）年迈神灵的等价物，活着的人的一切活动也在寻求或许能够从死亡获得救赎的一般等价物。

每一种经验都处在它的瞬间状态和一种日常的重复性结构之间。出于实用性和便利性，我们关注的是经验的重复结构。唯有出于对经验的意义感知，我们才注重一种经验的特殊呈现方式。即使在一首诗中，也同时存在着经验的瞬间呈现与经验的重复结构。前者突出了经验中的诗性，后者提供了理解经验的参照物。

分裂的现代性：美学的现代性经验与历史的现代性经验处于相互脱节之中，后者主要是指政治与制度的现代性经验的匮乏或缺失，而审美的现代性经验处在没有真实的社会功能的状态。审美的现代性经验所发展的自主性、自律性、自为规范和主体性，它的自我确立和自我确证的问题日益凸显，以至于早已成为审美现代性经验的前提。

每一个判断都需要细节，需要叙事经验的支持。

一切在沦为时尚的时候都在自我消解。对革命的模仿消解了当下意识形态的真实性而增加了其表演性，就像旅游业对宗教仪式与民俗的模仿消除了宗教的严肃性、仪式的规范性与习俗的约束力一样，革命的模仿也解除了行为中的逻辑并转换为戏仿的逻辑。时间流逝,二度重现的方式只有表演。在失去文化上的创造力的时候,表演就成为当下行为的注解。

如果说主体性是现代社会的原则,这个国家则只是在国家主体和无关紧要的领域比如娱乐实现了属于个体的一种片面的主体性。如果没有反思能力、没有自我意识,则国家就是一种不完备的主体。就国家而言,如果只是一个行为主体和伦理主体,而不是一种认知主体的话,其就会沦为一部强制性的机器。一个生活于感官状态而又丧失了感性之谜、丧失了感性的启迪力量的个体,即一个脱离了认知主体和伦理主体的娱乐化的个体,仅仅属于功能被弱化的"类",而非一个真实的个体。

一个感官明亮的时刻——"片云天共远,永夜月同孤"(杜甫《江汉》);一灯明灭在一个晦暗的时刻——"缺月昏昏漏未央,一灯明灭照秋床"(王安石《葛溪驿》);一种围绕在路人身边的植物般静止的现实——"水隔淡烟修竹寺,路经疏雨落花村"(杨徽之《寒食寄郑起侍郎》)……每念及这些诗句,愈有一种让人脱离自己时代的怀旧欲望。仅仅是这些感性经验,足以让人忘记早先社会里的种种不幸与苦难——沉重的肉身劳作,难以医治的普通疾病,物质生活条件的简陋,法律保障的缺乏，个人生活选择可能性的狭小，政治参与的缺失，战乱和流离，人生所蒙受的一切损失……杜甫自己不是也常常写到这一切？但在这些诗篇的语境里，几乎都让人愿意忘记和谅解，甚至让人对那个“自然—社会”追慕不已。但诗人自身似乎并没有刻意美化那个时候——“日暮苍山远，天寒白屋贫。柴门闻犬吠，风雪夜归人。”（刘长卿《逢雪宿芙蓉山主人》）——为什么“天寒白屋贫”也叫人留恋，为什么你对这个“风雪夜归人”怀着深切的移情？莫非是这个人被如此自然的事物所包围着——风、雪、夜，还有路途。而今人，一个人则是如此孤零，连夜色也不会围绕他？

穷困，优美的风景。风云飘在那些干打垒建造的生土小屋上。清澈的河流在一片坡地上淙淙流过。贫穷而奢侈。

一种感性现实的秘密是什么呢？一种感性现实的意义之谜藏在何处呢？事物的在场究竟意味着什么？这种情境不是已被无数人无数次地体验，而又仅仅成为一种不可重复体验的瞬间经验？“初雪已覆地，晚风仍积威。木鸣端自语，鸟起不成飞。寒巷闻惊犬，邻家有夜归。……”（陈后山《雪》）难道必须说：这，就是现实性的地基。

是的，古典诗歌表达的似乎是事物与世界的各种表象，然而实际是表达着人内心最深处、最恒定的意义。这一感性的意义逻辑在各种理性逻辑的表层断裂了，并陷入深深的无言，在各种社会性的概念星座的聚焦中被遮掩了应有的光辉。

从眼前心间忽然来临的灵韵忽然又变得难以捉摸，已成为诗歌常见的主题，成为一个永恒的诗学问题。“朝来庭树有鸣禽，红绿扶春上远林。忽有好诗生眼底，安排句法已难寻。”（陈简斋《春日二首》之一）前两句是感性经验的语言，即感觉自身的语言，后两句是语言自身的感受。

感性经验的语言是自足的，感觉自身的语言意义是自明的。“云物澹清晓，无风溪自闲。柴门对急雨，壮观满空山。春发苍茫内，鸟鸣竹篁间。儿童笑老子，衣湿不知还。”（陈与义《雨》）

古典诗歌与诗学保持着再现性的语言，也保持着事物与世界的再现性结构。诗歌保持着世界的可见性，不可见的是“风雨江山外”的诗心，是风雨江山外的“万不得已者”。但是，这不可见者依然会尽力呈现在事物的可见性中，出现在一种再现性的语言结构中。

当不可表达之物占据了意识的核心，什么时候才会出现语言的象征体系，或出现事物的非再现性结构？在精神分析学中，是梦幻使世界转化为象征，是梦的逻辑使符号成为象征系统。是精神生活的什么阶段、什么层面出现了象征语言？

除了语言，即除了可以起兴心智的诗，儒者发现了对心智说话的音乐之奥妙。除呈现在词语中的“物色”外，音色自身就具有象征意味。荀子的《乐论》中说：“君子以钟鼓道志，以琴瑟乐心。动以干戚，饰以羽旄，从以磬管。故其清明象天，其广大象地，其俯仰周旋有似于四时。故乐行而志清……”这是不是音乐与礼乐对应关系的一个象征主义的基础？

古典诗歌触及身体的感性经验，尤其是欲望的感性经验的时刻并不多，而且隐晦。但古典诗歌以更为广阔的感性现实——明亮的眼界——替代了狭隘的身体感性。事实上，可以把广阔的感性现实视为身体的感性经验的无限扩充。怎样看山？

夜山低，晴山近，
晓山高。

许古如非日夜于“窗间岩岫，看尽昏朝”，不能如此知山，也不能如此“乐因循，能潦倒，也逍遥”。如何看山？一个身躯渺小的生灵如何观看巨大得湮没了他的庞然大物？

王维的诗满纸寂寞与惆怅，弥漫着一种灵魂的忧伤。这忧伤不是属于尘世的，而是生起于尘世短暂性的意识，一种弥留式的《秋夜独坐》：

独坐悲双鬓，空堂欲二更。（一种言说）

雨中山果落，灯下草虫鸣。（一种情境）

不是劳碌的，不是人际的，而是孤寂的主体感受。或许是忆起“一生几许伤心事”，或许是生命的每一个瞬息都渗透了流逝着的忧伤。然而忧伤之谜并不只是在这里。每一个瞬息都潜藏着事物的氛围，都有片刻的驻留，难道不也是永恒与漫长的？即使作为氛围的事物自身，有着凄凉的情调，也潜藏着与生命的深切共鸣。难以言说的是，这忧伤的表达是否已同时作为一种无言的慰藉。《早秋山中作》将一个言说者与言说者置身于其间的情境浑融为一体：

草间蛩响临秋急，山里蝉声薄暮悲。

寂寞柴门人不到，空林独与白云期。

这些是不是也隐约呈现着“风雨江山外”的诗心，即那风雨江山外的“万不得已者”呢？即使在王维那些看似达观的诗篇中，如他的辋川六言诗，也隐含着缘于事物的意象——孤烟，远村，独树——所呈现的忧伤：

山下孤烟远村，天边独树高原。（一种情境）

一瓢颜回陋巷，五柳先生对门。（一种言说）

如果说我们知道“寂寞柴门人不到，空林独与白云期”表达的是临秋急与薄暮悲，“山下孤烟远村，天边独树高原”表达的是不改颜回之乐，全然是语境中的明示所致，而就其意象自身，二者并没有构成区分，孤烟，远村，独树，并非不会带来忧伤感。事物自有其“风雨江山外”的属性，自有其“万不得已者”的属性。

王维的诗对自然事物的描写进入了身体感知，具有一种感官上的切身性：“隔窗云雾生衣上，卷幔山泉入镜中”（《敕借岐王九成宫避暑应教》）。他写到欲上人衣的苍苔色：

轻阴阁小雨，深院昼慵开。

坐看苍苔色，欲上人衣来。（王维《书事》）

这个时刻，人在自然之中，真的是被幸福地物化了。这个“行到水穷处，坐看云起时”的王维，多少叫人羡慕。在鲜亮的视觉经验之中——荆溪白石出，天寒红叶稀——已经携带着触觉感受，更何况还有欲湿人衣的空翠：

荆溪白石出，天寒红叶稀。
山路元无雨，空翠湿人衣。（王维《山中》）

晚年惟好静，万事不关心。
自顾无长策，空知返旧林。
松风吹解带，山月照弹琴。
君问穷通理，渔歌入浦深。（王维《酬张少府》）

这是王维的一幅自画像，一幅很理想化的形象描绘，“松风吹解带，山月照弹琴”，他说自己“晚年惟好静，万事不关心”，恐怕并非是“自顾无长策，空知返旧林”，或许是因为晚年的王维知道“君问穷通理，渔歌入浦深”。他用一条深入江湖远去的渔船——有船吗，仅仅是一声渐渐消逝的渔歌——来回应“穷通理”的追问。

用一种情境回答一种没有答案的追问。杜牧的《有寄》：

云阔烟深树，江澄水浴秋。
美人何处在？明月万山头。

问得惆怅，回答渺茫，而又如此圆满。

事物的突出、突现，事物凸显的一瞬间格外瞩目一些。有多少这样的时刻——回望，俯仰，或许光线与阴影的瞬间，事物就突然涌现，喷薄而出——有多少诗抒写着事物凸显的那一刻：

古庙枫林江水边，寒鸦接饭雁横天。

大孤山远小孤出，月照洞庭归客船。（顾况《小孤山》）

事物的涌流，是古典诗歌呈现物的一种方式："山随平野尽，江入大荒流。"（李白《渡荆门送别》）

听凭生命自由的涌流——"星垂平野阔，月涌大江流"（杜甫《旅夜书怀》）。

比起每天在噬心的事件、不清晰的现实图景中磨砺自身的批评意志与分析能力，躲进古典诗歌的后花园感而叹之是一件怀旧而愉悦的事情。对于一个人毫无防护地暴露在不安全地带以砥砺自身，古典诗歌是一种可以让人躲藏其命运的东西。

陶渊明在夏天满贮清荫的院子里读书。"孟夏草木长，绕屋树扶疏。群鸟欣有托，吾亦爱吾庐。"（陶渊明《读山海经》）谁说这一图景中没有隐含着生命内在最深层的逻辑？

诗歌的语言，思想与感受的语言之所以一直受到无言或言外之意的困扰，是基于我们的生活与事物感性的语言。感性事物的多义性，事物表象的自明性，生活中诸种难以言说的感受，就像克里斯蒂娃所说，“这种难以名状的基础语言，是我们心弦和梦想发出的嘈杂声，它从来不会被完全消除”。

多日来，我体内的另一个富于语言激情的我似乎离开这个摇摇欲坠的身躯到别处去游历了。语言离开了我。我试着写下几句话，然而字灵不在。也没有一本书能够点燃我，似乎书中的火焰都熄灭了。我是灰烬。我熬着。读一点王维，有时是杜牧，尚觉能适应他们那种低度的热情，剩余的热情。

人与自然之间回溯性联系的回复，是浪漫主义怀旧哲学的一个假定；能够做的仅仅是对人与自然联系的无法弥补的破裂进行回溯性的研究。

语言！又是它，在《诗经》中。随便翻开一页，就直接上溯到母语的上古形态，在源流未远的地方汲取润泽的字灵。读着《文王》《大明》，没有语法，句法也仅初现雏形，只是呼叫，只是命名，只呼其名称，只是重复着——意象，音韵，音节——断句，固执地赋予湿地、山阿、植物以情绪意义，犹如以初升的意义之微光对植物的世界进行布道。

比之完备的诗歌文本，《诗经》如同诗歌的草稿。它只记录歌呼、吟诵的音节。表达的草稿如此富有含义，在草稿纸上，被记录的似乎不是一首完整形态的诗，而是意义的游离、偏移、捉摸不定的东西。

我醒来了。再次。又次。语言回复。游历的字灵莅临。再次，“肉身成言”的快乐。我这么依赖语言，依赖字灵。这和毒瘾有什么区别？非主体性。就像爱。

熬着。煎熬着。谁懂得拯救的技艺？

语言。词语。句法。上古时刻。从事，从物，从感知，从记忆，从欢笑的庆典，从哀悼的仪式转向语言的时刻，从言义关系尚未获得确定的时刻，只初步领略了双声叠韵的字灵出没时刻意义的魅影。

说不出话的人是一个语言发生上的上古之人，保守着意义生成性的力量。

诗歌是文字的草图。诗歌保持着尚未确定的意义得以显现的契机。被认知的意义范畴之外,有着无限的空间。诗歌就发生在这一空间。诗学是意义发生学的一个机制。

完成的文本抹去了草图,没有了草图的紊乱、间隙、跳荡、偏移……文本完成了,然而也封闭了。在完成的文本中保持着草图的痕迹。文本保持着自身的未完成性。

语言,它又复活了。在我体内,像一只结束了休眠的豹子,迈着轻盈而有力的步子,带着饥饿感……穿过意义的原始丛林。

语言与我合一。与我合一。祈祷它。
语言是我世俗的圣体。

我迷恋这样的语言,能够把你的无意识翻个底朝天,同时,又赋予这无意识的表现以音节,以节奏。事物只能在它的形式中得到理解,或成为一个不可解的谜。

再现性的语言，事物再现性结构的消失，不是说所有的事物都不存在了，村子、竹林或许还存在，但它们不再以“水隔淡烟修竹寺，路经疏雨落花村”的整体语境存在。一棵树的旁边是一根电线杆或是一座水泥厂。事物的氛围变成了拼贴的、非连续的、非有机的。只有度假村营造了事物的再现性结构的幻觉。

文学是神话的边缘、宗教的边缘、道德的边缘，当然它也是异教的和非道德的边缘，它还是人类学的、社会学的、民俗学的、语言学的边缘，如今它还是文化的边缘、政治的边缘以及社会批评的边缘。文学是神圣之物的边缘和世俗之物的边缘。文学是文化的剩余物，也是新事物的种子。文学将处在一切未知学科的边缘。文学文本是各种文本的一个交叉地带。文学文本是其他文本的一个交汇场所。继续进行文学文本的写作与阅读，而不归属于一个严格的学科范畴，就是保持自由的越界行为。但它自己又必须是这一切，它才能说自己保持着自由的越界。

“这种感性的语言并不是符号语言，它是一种打上引号的‘语言’，一种处在难以表述的生物状态边缘的既混乱又有序的冲动、印象、痛苦和狂喜。这种语言就是作家希望表述出来的那种真正的异质性，它比现有的一切异族语言都更具异质特征。”（于丽娅·克里斯蒂娃．反抗的未来．[M]．黄晞耘，译．桂林：广西师范大学出版社，2007：80.）

你在交谈中能够谈论事情，却可能不会去写作。你对交谈的理解是一种暂时性的话语，一种针对具体语境与事务的临时表达，因此，即使资讯不完备，你也可以试图对之进行有限的分析。我们交谈中涉及的话题通常都不是以专家身份表达的，然而一旦进入写作，你自然就会把这样的话语放置在一边，因为资讯的问题，因为不够专业。更主要的，文字似乎依然具有一经写下，就是一种永久性的表达这一严肃的暗示。

扩展你诸多的业余身份，扩展你在写作上关注问题的范围，就像在交谈中，可否把写作设想为临时的、语境性的、一次性的表达？

与口述或谈话不同，书写活动一直处于语言功能的一个特殊领域，书写活动具有口语永远没有的实验性。它允许书写实践将意义表达扩展至没有明辨的感觉与晦暗的冲动领域，允许书写实验的自由无忌释放出文化中未被揭示的意义。书写实践允许无意义的话语带给意识一种冲击力。如同克里斯蒂娃所说，诗人通过过度的语言能力，获得了一种“表面上的语言退化”，一种“语言上的幼稚状态”，从而把语言带向它生成性的时刻。

文字的生命力不是来自纯意识活动，而是源于灌注身体的气的流动，否则写下的文字既不能流动也无法让人从中呼吸。

翻看一本读过的书，每一个具体的表述都不记得，也没有了初读时的那份语义的激烈涌动与豁然朗照，这些文字和我身体内与之相应的部分都已燃烧过了。记忆是如此奇怪，它不记得其中的任何章句，却又是怎样免除了第一次的激动呢？

最终，在你要放弃的地方，无意义感就是耗之不尽的东西，无意义转化为持久的话语能量。

最后的一部书应该是写——山。山，一个包罗万象的对象，一个像宇宙一样空无的对象——一座山——它最能挑战一个写作者的野心。

今夜，走在开封的街道上，无端地想起西海岸的聚会，萌萌和余虹都还在这个人间，耳边是断续的谈话和海风穿过针叶林的飒飒声，满地清澈的月光，朋友们还没有产生比死亡还彻底的分歧。

总觉得遗忘了什么重要的……事情。什么呢？……我不再记得我曾经怎样在深夜哭喊以及怎样走在下着暴雨的公路上……

喜剧感是生活的一种解脱。它带来没有欢乐的大笑。我宁要体内那个哭泣的孩子，永远心怀希望。

我再也无需承受写一本书的负担。每一本书的写作都让我体验到自我的背叛。一本拖得稍稍长一些的书都让人倍感厌倦。札记的写作无需任何构想，它仅仅是让生活自动归入一本原初之书。

一种语气会发生缓慢的改变。真实的语气比概念更重要,甚至比思想本身更重要,因为仅仅是活的思想才会呼吸,并产生自己的语气。

一种先验的语气重又吸引我。青年时代我曾经迷恋先知的口吻,随着理智之年的到来对其变得厌恶,而今,它时隐时现地闪烁着……宇宙间的一切真的走着一条曲线?但必须也在感性经验中。

一个古典的思想范畴在你身体内再生了:气的运行渐渐地被你的身体所感知。这是灌注于话语之中的气,流注于精神之中的气息。气的流转赋予你的语言以形态。没有吹拂感的语言一定是气尚未灌注的、没有复苏的精神。

一个孩子的无知是如此天真,一个圣贤自觉的无知是如此智慧,一个……不被自觉的无知是如此愚蠢。我们习以为常的,是后面的一种无知,并且戴着知识的面具。

耶利米哀歌。被神选中的人必遭罪。预言者遭受惩罚。他必须承担非个人的苦难。他说:不,不是我。他说:不,我是普通人。是的,他的女友油滴也说,耶利米不够勇敢。他的做祭司的父亲也知道儿子的这一弱点。可神选中了他。先知只能把痛苦作为一种命运。痛苦让他勇敢，冒险成为他的命运。他说对了，然而必遭惩处。这是先知的诡异之处：他传递神意，而神并不保护他不遭人间厄运。先知是从天堂和地狱两个方向同时被抓获的人。他既无神圣的自由，也无世俗的快乐。他全部的时间都为着见证一个瞬间，一个被毁灭的瞬间。他唯一的喜悦是：先知现在只能把神的话写在纸上，而未来神的话要写在人的心上；神的殿堂要被重建，也要建立在人的心上。

以现在的眼光看，宗教中的先知是一种精神疾病现象？他颠倒了梦幻与现实，混淆了预感与神意，是无意识的启迪和神谕。

而无意识话语中的非理性和超验性击中了人们，以至于人们相信无意识的话语就是神的话。人们常常说：他怎么能够说出那样的话？他是一个普通人，一个祭司的儿子，怎么能说出那样的话？人们也随之混淆了无意识的话和神的话。是的，他说，铁石心肠就是最可怕的武器。

二者都是受伤的语言？

只有一本经书而没有土地的民族，这就是它的苦难；它离开了自己贫瘠的土地，走到哪里都携带着这部多义的经书，仅仅凭靠这一部书中先知的话语、经验与记忆，构筑历经无数世代的民族认同，严守着与所居之地的区分，这是一个文化史的奇迹;它又时常在饱受压迫与歧视之后,艰难地重返应许之地,并与已定居于他们经书中所描写的那片应许之地的居民再次发生冲突。历史就这样重复着。他们走到哪里都是一个闯入者,这个游牧气质的民族对农耕定居生活的民族来说,一直是一个异已者,走到哪里都遭遇程度不等的排斥,并一次次成为替罪羊。

今天,世界上更多的人在成为没有土地的人,携带或不再携带他们的经书,更多的人在成为一个游牧者,从逐水草而居到逐资本与技术而居,大都会减弱了土地、族裔、血缘关系的认同。人们都在成为闯入者和外来者,人们都在成为犹太人。而且因为不再携带或恪守各自的经书而似乎找到了单义的、数字化的、彼此可以通约的语言。这好像一种新的上帝之城。耶路撒冷被重建在一切地方?

山河比国家更像是一个襁褓。土地母亲的观念要比后者古老而真实得多。对我来说,山河有时就是一个与杜甫这样的诗人联系着的观念。他在流亡与书写中赋予了山河以未曾有的意义。想起另一个流亡者顾炎武,他在王朝灭亡之后从江南移居北方,他的后半生常常在雨雾蒙蒙的北方山河之间寻求前朝遗迹。他寻求着先辈的踪迹,临摹和抄写墓地上的那些碑文,那些被遗弃的宗庙里礼器上的铭文,考察先辈的各种事迹和叙述的记录。或许,这就成了后世那些向异族统治者稻粱谋的怯懦的腐儒们所干的营生，只不过仅仅是在书斋里从事所谓的“实学”。

为什么要说起他们呢？我此刻仅仅渴望看见那个烟雨蒙蒙的北方大地上一个孤单的身影在完整的山河之间穿行……杜甫、顾炎武……这些苦寒瘦弱的身影就是历史的意义，就是苦难的意义，就是如日月一样周行而不息的“道”的化身。

古埃及的一首哲学诗《一个人与其灵魂的辩论》，表达了一个自我对话者的形象，这是我第一次看到这一内省的自我形象，不同于那些献给诸神的祈祷、赞美与咒语，更不同于造物主的自我表述，这首哲学诗是一个人与自己的灵魂的对话，充满内心的煎熬与痛苦——

瞧，我的名字将由于你而发臭
比恶臭的渔夫还臭许多，
比污浊的沼泽还臭许多，他们在那里钓鱼。
瞧，我的名字将由于你而发臭
比恶臭的鸟粪还臭许多，
在天空炎热的夏日。

——念着这些语句，我真想把这些咒语念上千百次，把这些咒语献给那些一贯自称“伟大”的地狱之神：他们在人间不止一次制造了活地狱。因此，你至今还生活在"比污浊的沼泽还臭许多"的地方，不同于亡灵书里诗歌的那种欢乐与优雅、疑虑与焦虑回荡在这个低语里。这首《一个人与其灵魂的辩论》如同悲剧中的一幕，或一些剧情并不连续的情节中的主人公的独白。事实上，古埃及诗歌常常省略了事件与情节，它仅仅展开最动人心弦的瞬间，虽然我们今天读到的不可能是一部叙事详尽的史诗，但这些诗篇却无疑保持着抒情诗的有效性：

今天我能对谁诉说？
一个人的随从是邪恶的；
今日的朋友不再受爱戴。

今天我能对谁诉说？
绅士已凋零，
残暴的人已接近每个人。

今天我能对谁诉说？
面目不可见，
每个人在他随从面前低下了头。

今天我能对谁诉说？
没有正直的人，
大地留下了作恶的人。

无论我们把“随从”视为一个人的灵魂还是随从本身，都丝毫不降低这首诗痛彻心扉的力量。我真想把这些鄙视的低语念出声来，那失望的头似乎就低垂在你的面前，那低垂的头似乎就是你自己。这样的生命还值得留恋吗？这个世界还值得垂顾吗？他看见了死神——

今天死亡站在我的面前
就像复原的病人，
就像遭受监禁之后再次走出窗外。

今天死亡站在我的面前
就像没药的芳香，
就像在一个吹着微风的日子坐在阴凉下。

今天死亡站在我的面前
就像一个人渴望看见他的房子，
他已在囚禁中浪费了多年之后。

死亡看来如此亲切：就像康复的病人走出窗外，就像没药的芳香，“就像在一个吹着微风的日子坐在阴凉下”，就像看见他的归宿与居所，在流放与囚禁之后。死亡不仅意味着一种解脱，还最终意味着康复。这些情感中的疑虑与安慰之情都极其现代。唯有这个辩论的第四首彰显了古埃及对永恒的信仰，这是我们今天所没有了的：一个复活的形象，在剧情结束、在自杀之后。

为什么陌生的、异己的，我们总能在体内发现它？对外在于我们自身的陌生思想与经验的认知兴趣，最终总是能够成为自我认知中必要的一章。异己的仅仅是处在自身幽暗的地方。保持着对陌生的和异己的好奇，因为自我的发现依赖其不断拓展边界。

你每天都暗中盼望着与一本绝对陌生的书相遇。最大的奇遇，是一个读者与一本陌生之书的相遇，是一个阐释者与一个异己文本的相遇，以便给心智一个小小的蜜月。

Ⅶ

论诗歌与中魔现象

语言，社会，身体。一种能量在它们之间流转，一种交换在它们之中进行：语言的，社会的，身体的。自由流转或交换的停滞是灾难性的事件。语言属于一个地点——社会，属于社会所共享；语言也属于一个身体、一个人。一个不健康的制度武断地取缔了自由的语言交换。一个社会陷入了沉默，一个身体陷入无言。诡异的情况接着发生了：似乎语言陷入了狂欢，语言活动既不触及一个地方，即社会，也不涉及疾病、身体与社会的关系，语言成为在社会禁忌的时刻陷入的一场狂欢。现在，语言脱离了这一社会属性与身体属性。或者说，社会肌体与身体悲剧性地脱离了语言的属性，陷入了持久的谎言。这是语言的疾病，语言的顽疾。有时人们说“意识形态”，这是语言的不治之症，语言的病入膏肓。

那些貌似避免了精神危机的躯体化的人们是否已将躯体化带进了社会肌体？将疾病与症状转移给社会自身？就像这个社会不再遵从一种合理的规则，从而尊崇它一边诅咒一边膜拜的另一种规则，形成了社会自身病态的秩序？什么是社会疾病的符号与它的语法？

谎言的制度化最终带来了全社会负面语言的流行。这是一种怀疑主义的语言，然而却是非理性主义的怀疑主义。这是怀疑主义的怪胎。

诗呢？诗，是传播时代的非交流性语言，这是显著思潮中的隐言，各种高论时代里的微言。诗，是语言公有制社会里的话语私有制。诗，是在语言的社会纵欲主义的挥霍中，保持语言极其节俭用法的禁欲主义。

你必须满足于在这个时代过一种心智生活，在这一特殊的话语模式中。

多数知识人仅仅对已经成为思想与文化的事物感兴趣，而不是对可能成为思想的经验与文化的实践的事物感兴趣。

从大量的噪音中辨认信息或许就是一种最基本的习惯。为了安全，为了生活，就像一个人在热带雨林中行走，对每一种声音都提高了听的警觉，即使在背景式的混合噪音中，也伴以听觉的全部知觉，探察环境中的危险。那么，对信息的辨识显然出于人自身的安全，也就是说出于生活的需要。夜晚，一扇门窗“嘎吱”响了一下，是噪音还是信息？通常人们会警惕地继续听着，直到区分出是风声还是一个贼。

噪声中总是包含着信息，如果将所有的噪音都抑制下去的话，就不再有真实的信息。其中自然包含着解读信息的方式，以及之前将噪音解读为信息的技能。许多现象对外行而言是噪声，对某个领域的专家来说则意味着真切的信息。甚至就地震和某些灾变而言，某些低等生物比灵长类动物的知觉更灵敏，它们有特殊的信息处理机制。是的，就社会层面而言，噪声环境比寂静无声更安全而吉祥。

然后我们才放心地读诗，放松地听音乐，是的，享受和谐的声音之美。最训练有素的人们或许还可以继续欣赏那些不和谐音、无调性音乐和现代诗，像一个真正的内行，将含混的、看似没有语义的、噪音式的片断式句子，解读为妙不可言且意蕴无限的诗篇，就像辨识苍茫宇宙间来历不明的信息。甚至，自己动手将那些信息再次符号化，再次编码。

诗歌话语中包含着噪音的编码，噪音是指不能辨识其意义的词语，或处于不清晰的直觉，或出于理性给予自身一个边界，或设置一个悬崖，亦不乏精心为之故弄玄虚。诗吸纳了较多不能辨认语义的词语，就像在说话者的身边放大了一点背景噪声的那种具有现场感的功能。

如果没有观念的形成，没有观念在历史事件和人类行为中的展露；如果没有观念经过个人和群体的社会实践，没有体制的和制度化的实践；如果没有社会的、经济的、法律的制度实践之后社会与文化的一系列观念自身的演变、修正与相对成熟；如果没有影响到我们今天生活的各个层面的观念中持久地起着规范性的和批判性的作用，就不能说其为“历史”，其就不能描述出历史的轨迹。

在此意义上，人们说欧洲的十六七世纪发生了文艺复兴、宗教改革，十八世纪发生了产业革命、启蒙运动，十九世纪发生了文学、史学与政治哲学中的浪漫主义和民族解放运动……然而，如果在观念史的意义上问十六七世纪的中国社会发生了什么，除了儒生圈子里流行的阳明心学之外，整个社会的观念是什么呢？什么样的观念史在构成一种社会运动与运转？确实，十七世纪还有黄宗羲的政治思想，然而却惧罹时难，故隐其书，只能藏诸名山留与待访，更勿论激荡社会思潮与运动了。是的，十六七世纪发生了农民暴动，发生了清朝入关、屠城；十八世纪发生了儒生的归顺、文字狱。如果说有那么一点儿思想与思潮的话，那就是受难的思想、受难的孤独的思想者，在观念远没有被传播、远未形成社会思潮，更勿论社会实践成为制度的基石之前，就已经被扼杀殆尽斩草除根。如果说有一种观念史构成了这个千年孤独社会里的一种社会脉络与群体运动的话，除了每个王朝末期复兴的民间宗教，就没有别的观念召唤社会运动与激发社会想象力了。

或许可以说，没有观念就没有社会，社会属性是观念的生成物。同时，观念亦是社会的产物。没有观念的社会是一盘散沙，拥有一种被愚弄的观念的社会是乌合之众。当社会理念失去了社会实践功能，暴力就是一个事实上的主宰。

中国近代社会的各种困境似乎成为无法用描述人类社会观念与精神生活的语言能够加以解释的问题。

社会运动——一般是反应性的事变，如过分的压迫与灾难所致——处在思想资源的极其贫乏状态，思想观念处在与社会实践相脱节，或儒生们的观念根本不具有社会实践的功能，首先没有传播途径与传播能力，属于官学的太学和国子监及官方的编修机构，根本不是创造社会观念的地方，被严格规训的书院与私塾也难以有独立的心智生活空间，观念的生产者根本没有传播思想的社会途径。在文字狱大兴的社会里，刻印私人书籍都面临着被满门抄斩的风险，自由表达观念的兴起与社会观念史的形成根本没有可能性。在这种极其野蛮的制度中，观念与社会、观念史与社会运动只能相互矮化、相互抵牾、相互挫伤，而非相互激荡、相互确认。而只有后者才能构成真正意义上的人类文明史。这个貌似发达的史学传统仅余一族一姓编年史，鲁迅咬牙切齿地把它叫作“独夫民贼的家谱”。

在传统的思想观念谱系中，唯有宗教与民间宗教有着自身的社会组织机构，有着职业人员与信众。寺庙充当了观念的组织化与体制化的形式。而最有社会意义的思想，如黄宗羲的思想甚至宋代最有希望的变法思想都没有这一体制化形式的支持。个人的社会思想是脆弱的。有时候为装点门面，权力愿意为指向个体的道德说教留下一点空间。至今，依然有很多人把不具社会功能的道德说教的社会化传播当作社会思想。

是的，你可以说卢梭或孟德斯鸠的思想具有社会功能，你可以说启蒙时代的观念影响了直至今天的社会制度的建构。然而直到十九世纪末或二十世纪初，孟子的民本思想或黄宗羲批判君权与专制的思想才被自由传播，加入到制度设计与政治伦理想象之中。就是说，孟子的民本思想先前最多体现在呈现给某个开明君主的奏折中，而且是作为权力的一种文学修辞存在，作为先贤委婉的道德教诲，而非作为一种对立于权力的社会观念，即作为社会的自我理解、社会组织和社会自治的根据。

中国思想或观念发生在私人场合，而非社会的普遍观念与运动中。夫子的思想亦仅仅出现在与弟子的交流之中。孟子与梁惠王之间关于政治伦理的交谈亦属于私人场所，一种观念仅仅在一个圣贤与一个君主之间进行交流，是难以产生政治功能与社会能量的。无论君主是否听取圣贤的政治伦理，都无妨他的权力行使。观念如果仅仅诉诸圣贤与圣贤般的先王的自律的话，则仅仅具有修身养性的作用，而难以具有真实的政治功能。观念只有涌动在整个社会的普遍意识中，并以行动来体现它，才可能作为一种社会史中的观念史而发挥作用。

圣贤体现的是思想与观念的私人场景，社会运动与社会史才能体现观念的公共场景。所谓的"哲学王"或帝王师的一个幻想，就是希望让思想者的观念通过君主或统治集团直接发挥政治功能，他们认定圣贤们的观念丝毫不用惊扰愚民，用不着让这些高深的观念搅乱民众低下的心智，只需要自上而下实施"哲学王"的思想与决策以驱使民众的行为。对没有耐心的哲学家来说，向民众进行思想启迪、将观念社会化就是制造混乱。

始终存在着一个退隐的场所，一群孤独的隐居的人，你可以把这些人称为类似于在宗教世俗化的改变中竭力保持其传统的人。这里指的不是科学上的只有少数专业人士才从事的那些研究，退隐与孤独的意思指的是某些哲学流派，某些人文学科，某种文学性的写作，本来具有社会与政治功能的研究与写作，或者因为对社会的失望、对政治的失望或对大众的失望，他们将自己的研究与写作日益自我局限起来，仅以外人不懂的术语表达，甚至仅以外语说话，在英语日益大众化的时候，必要时以夹杂古典语言的词语进行表达。还有就是属于人文学领域中的一些具有先知主义倾向的人，他们沉湎于思想与学术上的秘密领地，自视甚高，不仅把唯有自己或极少数人懂得的行话与行情视为先知主义的标志性符号，还会无意识地把他们所了解的知识学问视为自身"德性"。理由对其自身而言或许是充分的，因为他们把知识的非功能化，即把知识的无用视为自我修养的不二法门。这其中最大的退隐行为是诗歌圈子，是诗歌圈子再分化为无数个自我封闭、自我认知、自我评价的小圈子。这个场域所通行的话语构成了社会场所与文化大众难以辨认的信息。他们或许对流行的文化嗤之以鼻，或许对自身研究与写作的社会功能丧失意识。退隐者把这种功能的丧失翻转过来，视为自己的极高明，视为学术或诗本身的高蹈脱俗的标志，把这种没有社会文化功能翻转为不入俗流的标志。这样，他们把丧失翻转为拥有，把没有功能变成了具有自身本质属性的标志，一个消极的标志变成了有意义的标志。通常，这个退隐的学术与诗歌圈子还将会无意识地把这一标志视为具有社会功能与政治功能的行为，就像诗人或艺术家能够把形式理所当然地看作内容一样，一个非行为翻转为唯一可能有意义的行为。在描述这个退隐现象的时候，我知道我的一部分亦属于这一群体，在某些问题，尤其是在话语方式上根深蒂固地属于退隐，属于修行，属于“精神的退隐”。

退隐行为以及语言的退隐，退藏于密，退藏于秘密的意义与真理之中，在宗教史上出现的时刻往往是宗教受到了权力与政治的挤压所采取的策略，通过与社会的决裂或保持距离以自存。而现在，则是诗歌、思想和艺术，不仅受到权力的监督，还受到受众与市场的极度忽略所自我营造的避难所。诗歌、思想与艺术及其自身的退隐特性，事实上构成了避难所的特征，它们的神秘符号，它们话语的难解和异质性，构成了一个符号所确认的避难所。诗人、思想者和艺术家在这个小小的避难所得以幸存，并得以自我确认与保存。艺术、诗歌和思想的价值，似乎只能在这个避难所内部得到理解与评价。

躲藏或退隐于这些各种各样的避难所的人们并不完全相同，一些人把退隐视为自身的极高明，有人则视为一种无奈的“选择”。有些人把社会场所发生的一切是非之争视为全无意义，是没有是非的纯粹利益之争，社会就是一个没有价值观的只承认事实的场所，因此他们的言与行、他们的研究与写作，都无需把社会视为参照物，无需把社会视为有意义的语境，或者无需把社会语境视为他们研究与创造的文本的意义得以理解的另一个语境。另有一些避难者知道自身是受难者，没有什么极高明之处，他们把避难所的经验当作自身的负面经验来思考和表达，他们不会以社会上发生的一切都没有是非来模糊或卸去自己的伦理情感与伦理职责，他们的书写不能离开避难所之外、避难地周边的社会语境，他们所感知的负面经验自身就是社会性质的一个表征。他们明白，一种精神的退隐是不完整的。过去时代里的退隐之地是绝尘的寺院、深山里的道观、偏远的乡村等等，而现在这些精神退隐者把艺术、诗歌和学术思想活动当作避难地，不只是为着保全自身，还主要是为着保存艺术、思想与诗歌自身，为着保持一种话语。为此，尚有这样的一些退隐者，他们把退隐当作一种与直接的威胁保持距离的方式，当作他们观察现实而又不被现实完全裹挟进去的一种间离策略。因此，当他们对自身提出关于现实感与现实意识的思想伦理与艺术伦理时，当他们要求自身保持着对现实的批判性功能时，为着完成这一困难的职责，他们同时要制造出他们自己的思考与诗歌对现实的间离机制，对他们表达现实的语言与修辞提出间离性的能力。与其说这样的一些人是退隐者，不如说其行为就是一种退藏于密的行为，并非否认现实感、不承认现实发生的一切没有是非感。相反，他们一直保持着不让一些人故意或无意地模糊是非感的图谋，这不是他们自身的退隐，而是其话语方式与修辞方式的隐秘所致。

时常会遇见这些人，他们的意识其实是极其偏执的，他们的观点与利益立场一贯明确，但他们在自身失去可说的理据时，在他们面对与他们的一贯论点不利的证据与经验时，他们就迅速地站到一个疑似“中间派”的立场、一种没有立场的立场上，对好与坏、反与正各打五十大板，以表示自己的客观，以显示自身早已看透尘世的一切。我就一再地遇到这样的人，他极力推崇的人常常是一个独裁者，当你举出无可反驳的灾难性事实质疑他的见解时，他最后就说“世界上的政治家没有好人！”或“哪里也没有民主！”。原本，谈话开始的时候，他是举出了一个“好人”，而且他非常膜拜这一“好人”，甚至还认为这个“好人”真的创造了世界上最民主的制度，人民度过了最民主的时期。

逻辑的颠覆有时没有后现代想象的那么可爱。

心智的生成、心智的持续成长是生命中最愉快的状态。你羡慕每一个拥有一个地方小传统的人，然而仅仅属于一个小传统的人是否也羡慕你可以暂时自由而不真诚地属于任何一个小传统呢？

你从未预感到你如此须臾不可离开心智生活，唯有一种超额的感知状况可以暂时替代这一心智的瞬间活跃，因为当你处在心智活跃之外的一些时刻，就像鱼处在浅水中，呼吸都是艰难的。

智慧是一种负熵。在一个增熵的趋势中，心智活动一直保持着渐进的、朝向自身复杂化的发展，心智活动是唯一的反熵过程。

中魔现象是一种被鬼魂或邪灵附体后表现为疯癫、诞妄，甚至出现高烧等躯体症状的精神病理现象。传统的乡村社会里经常有孩子中魔，要当街做些简单的驱邪仪式，比如在路口烧起火堆，把手放在孩子头上叫魂，意思是中魔不仅是阴魂附体，就连中魔者自身的灵魂也丢失了。有些孩子连日的高烧或诞妄会在叫魂或驱邪之后康复。如果较为严重的话，还要请巫婆(似乎请不起高僧做法事，而且革命年代里也早已没有了僧人)来驱邪驱鬼。而巫婆是另一种让神灵附体的人，即另一种中魔者，巫婆在神灵或鬼魂附体之后，不一会儿就口中念念有词，手舞足蹈地进入跳大神的状态了。通过让神灵附体，跳大神的巫婆能够知道是哪路神仙或哪个恶鬼附着在中魔者身上。她借与神灵沟通的能力驱走中魔孩子身上的阴魂。巫婆这一能够让鬼神或阴魂附体者与一般中魔者的区别在于，她能够通过自身可以控制的方式请神灵附体，也能把鬼魂送走。

有意思的事情在于有两种不同的中魔者，两种不同的中魔现象。先分析一下两种中魔现象的共同之处：中魔者首先丢失了自身，中魔者成为一个阴魂借住其中的躯体，他仅仅是一种不可见的存在物的肉体与声音的媒介，中魔者不再是他自己；中魔者丧失了真实的地点，中魔之后的人不再属于他生存的真实环境，他也不知道自身在哪里，中魔者的心理状况属于一个子虚乌有的别处，属于“另一个世界”；中魔者的话语是另一个人或另一个鬼魂的声音，中魔者说的是一个根本异于自己的话，中魔者说出的话语与事情根本不是他自己曾经经历的，他的话似乎是一种纯粹的胡言乱语。就中魔现象而言，中魔者说的是附体鬼魂的话语。

无论是中魔者还是驱魔者，二者都具有这些特性。我不知道各种原始宗教如何描述这一现象，但能够知道的是，不仅低等的巫觋或传说中的巫婆具有附体能力，大巫师、萨满、大法师也具有这一附体能力。尽管一般中魔者是患者，而巫觋或萨满是治愈者，即前者的中魔现象是疾病，后者的中魔或附体是医术。除了原始宗教中的中魔现象，文明宗教中亦存在这一现象，先知或宗教领袖常常具有这一中魔时刻，即受上天启示的时刻，于孤独的境地中领受神意的时刻。宗教叙事当然把这一时刻讲述为“真实的”，现代精神医学的话语显然会把这一现象进行精神病理分析，视为宗教人物惯有的精神官能症或严重的精神分裂现象。所谓神灵的启迪或神灵的告白，显然属于一种诞妄状况中的幻听幻视现象。

中魔现象除了原始宗教和文明宗教（即各种一神教）的叙事之外，还有一种作为诗歌现象的中魔者，那就是柏拉图关于诗人的灵感来源的说法：诗人不是他自身，诗人是神灵附体者，诗人的灵感状态就是神灵附体状态。诗人的话亦不是他个人的话语，而是上帝或神灵通过他而言说的。关于诗人与诗歌话语的这些描述与中魔者的特征没有根本区别，区别不是现象而是功能，就是说，诗人的中魔或神灵附体是一种伟大而神秘的精神创造活动。当然，具有这一能力并非完全是不受惩罚的额外幸运，诗人常常受到自身预言功能的伤害，即诗人的自然生命和肉身常常受到泄露天机或神秘天意的惩处，他们经常处在疯癫状况或走向癫狂。

好了，无论是原始宗教、一神教还是诗歌中的中魔现象，都不是我想探究的问题，我感兴趣的是中魔者的特性在一般社会生活中的表征。我想说的是，中魔是一种多么普遍的前政治现象，以至于不再被人们觉察。中魔者的特性今天在一些人身上依然如此扎眼：一个人一开口说的就是他者的话，说的是死人的话或鬼魂的话，他发誓忠于鬼魂而蔑视活人；不是因为他有学问善于引经据典，而是你不知道他说这些话的时候他在哪里，他生活在何处、什么时代。中魔者说的话与他的真实处境没有关系，他的话语既不反映他的真实处境，也不表达他的真实想法。如果把他所说的话与真实经验做一个对比，立即就会发现，那些话就是胡言乱语。中魔者的话语通常都显示出一种中邪般的“异域性”，就像他是自己经验世界的“异己者”，同原始宗教与巫风盛行社会的中魔者一样，他不再是他自身，他甚至以为自己就是那个鬼魂再世。中魔者的灵魂早已丢失了，人类社会历史中最邪恶的念头、最阴森的偶像盘踞于他的灵魂。

大大小小的中魔者在早已沦为谎言的观念体系和话语体

系禁锢中，授课、讲话、发言，还写下了许多属于中魔者特征的文本。不知道未来会不会有一门后巫术时代的政治修辞学来研究这些诡异的文献，会不会有一门政治驱邪或社会驱魔仪式让中魔者康复。

席勒从拿破仑的发迹掌握了他的时代里的戏剧性，这就是席勒的戏剧所具有的深刻的历史启迪。在二十世纪，更多的人则是从希特勒、斯大林这些权力暴发户的兴起中获得独裁权力与大众心理学的教训。

独裁者是活着的神话。这就是邪恶。神话是现实的时候，神话就背叛了神话意识。神话只能在过去时才存在。

逝去的神话是善。活着的神话是恶。

诗歌、艺术同生命的关联，就是它们与政治的关联，与现代社会生活的关联。生命处在这一中介位置。席勒的问题正是在这一关联中开始：艺术究竟为何？为何有必要对这个“美丽的小事情”进行思考？我们生命中没有比它更为重要的事情与问题吗？法国革命继承人拿破仑说，“政治就是命运”，比如在政治中，个人与社会的命运已受到威胁。或许，对另一些人，在被称为命运的地方感受到的是“偶然”。为何席勒要通过《审美教育书简》来宣告一部审美世界法典的诞生？倘若不是时代的状况让他直觉到通过探究艺术与诗歌之谜，去建造一种真正的自由精神，从而去理解和拓展一种政治自由，那又会是什么呢？作为诗人和思想家，他避开了政治清谈和时事政治，而以审美问题为基础，推论出他原则性的政治思想。

他的判断是："当建立在压迫基础上的自然国家摇摇欲坠，在将法律扶上王座，把人最终当作自身目的来尊崇，使真正的自由成为政治联系的基础的可能已经出现的一个历史的时刻，即在慷慨大度的时刻遇到一代感觉迟钝的人，对于他们为自己争取到的外在的自由，大众在内心中尚不能胜任。……启蒙和科学仅仅证明了自己是理论的文化，对内在的野蛮人来说这是一件外在的事务。公共的理性尚未把握和改造人的内核。……要是人们过早地通过政治斗争削弱或者甚至取消国家(自然国家)的权威性的钳制，无政府主义以及自私自利的众多暴力和专横就是其结果。解体的社会不是奔向有组织的生活，而是倒退到初始国度。相反，应该给人在某种程度上打开一个自由的训练场；……人们得把滚动的轮子在它旋转时替换掉。"

席勒的思想经由"游戏"的文化人类学概念，摆脱自然"本能"，重新获得"自由"。他最早指出，从自然到文化的道路经过"游戏"，即经过仪式、禁忌和象征化的途径，本能的严肃、性欲、攻击性，以及对死亡、疾病和没落的恐惧，在仪式化和象征化的转换活动中失去其强迫性的和剥夺自由的“自然”力量。

性欲是严肃的、强迫的、不自由的。在性欲中，人属于动物。色情是欲望中的游戏。色情是欲望游戏，是同自身和他人的欲望游戏。游戏意味着游戏者与游戏之间、游戏者相互之间有一种“间隙”，一种“距离”。文化从根本上说就是“距离”和“延迟”的导演。

增长的阅读让阅读和生活相互靠拢。……人们要感觉自身，向生命索取活力，倘若外部环境阻碍生命，那么人们恰恰通过对文学范例的认同，即从日常礼仪中逐渐消逝的生命会突出富有意义的因素。人们想在文学之境中提升自己生命的价值，赋予生命一种密度、一种戏剧性和一种氛围。通过文学，寻找在日常生活中失落的存在，获得自我享受。“我们由文学组成”，蒂克这么说。布伦塔诺也在生活中听见纸张的窸窣声，他渐渐地明白，通过小说，“我们的一部分行为不由自主地被决定，特别是女人，她们在生命的最后关头不是别的什么，而仅仅是小说人物的复制品……”“只有在这样一种热衷于文学的、文学和生活的互相渗透几乎成为日常现象的环境中，早期浪漫主义雄心勃勃的理论纲领才得以发展。……任何日常工作都该承载诗意，表现一种独特的美，展示一种艺术创造力，而它犹如狭义中的艺术作品，同样拥有自己的‘风格’。对他们来讲，艺术与其说是产物，更不如说是事件，它能在人以艺术创造之动力和勃勃的生机下完成自己工作的任何地方，不断地发生。——对施莱格尔来说，那快活的社交活动就是实现了的‘普遍诗学’。——奇妙的乌托邦常常就在我们脚下，但我们拿着自己的望远镜，对此视而不见。”

叙事与教义。宗教文本的两种类型：一是叙事多于教义，叙事大于教义，如《摩西五经》；另一种是教义多于叙事，教义重于叙事，如《古兰经》。对先知、祖先最真实的叙事常常令后人感到尴尬、难堪，感到与教义不符，真实的历史叙事并不导致教义的必然性，反而带来教义的重新被理解，带来教义的不确定性。真实的宗教叙事与其教义之间存在着难以解决的紧张。删除了真实的历史叙事，对先知和祖先进行道德化的、教诲性的叙事，建立了明晰的教义，然而也使得教义容易陷于封闭；不真实的、非道德化的叙事对教义的质疑与紧张，使得教义被固化。夫子笔削春秋，出于道德教化和树立楷模的动机，删除了故事的细节和复杂性，极大地减弱了叙事而强化了教义，以至于历史中的大事均语焉不详，尤其是涉及权力、暴力、野蛮、欲望的细节与故事，消失在所谓的“微言大义”这样十分简古的叙述之中，被删除的不仅是故事和细节，还有理解人性的复杂性、道德的张力和教诲的多义性方面的开放视野。

你无法成为一个拥有大量文献的历史学家，你只想把自身经历过的半个多世纪的历史经验作为真实思想的一个源泉,一个验证或证伪的场所。

事实上,你还是一个历史性的存在者及历史的思考者,半个世纪围绕着你的个人生活史,构成了一部未被书写的历史。这半个世纪围绕着你的理念、渴望、动机,产生了你的个人生活及其与周围世界的关系。更广阔的视野是你一直在场且充满各种情绪的旁观。而这些,就像需要再次显影的文献,需要激活之后才能征引的文献。这些沉默的经验,渴望被书写成文献。这就是你个人的非物质文化遗产。

一个纯粹显示为某种观念化身的个人是不幸的。一个成为某种道德观念化身的圣贤是一个殉道者。烈士、侠客、节妇都是单一观念的牺牲品,除非他深明何谓不得已或权宜苟且之处。每一个人都应拥有多重观念。每个观念都不止一个绝对的化身。

生活世界似乎是嘈杂、混乱、无序的,至少对于我们不成熟的理性能力或理解力来说显得如此,或许它的既定秩序如此不符合人们的意愿,与更普遍的社会意志、与一种增长着的社会心智发生着冲突,以至于显得无序、混乱、纷繁。我们的理解力则尽力去觉察这一显得无序的社会秩序的样貌。事实上,与感性经验相反,这个世界在它混乱表象下已经充斥着各种明显的或隐秘的秩序,有些是铁一般难以改变的秩序,有些又是相互冲突、相互消解的秩序。在理解、觉察这一混乱无序的状况时，我们竭力赋予这个世界一种秩序：一种道德秩序，一种政治秩序，一种经济秩序，或者更超验的，一种神话般的秩序或一种文化价值秩序。我们想竭力弄清楚这个世界已经拥有的秩序是什么，它以什么为基础；我们也想尽力表明，这个世界应该拥有什么样的秩序，一种什么样的道德秩序、政治秩序、社会伦理秩序才是人们愿意接受和寻求的。而表达活动，是这样一种理解力得以发生、是秩序感得以产生的隐秘基础。表达，即一种话语活动，就是赋予世界以可理解性的环节，是秩序被理解的环节，也是意义从中生成的环节。表达与话语活动，没有置身于无序的世界之外，也没有置身于秩序的不协调状况之外，表达与话语活动就是从世界内部或历史过程之中阐释它自身的一种活动。

表达活动或话语活动，意味着这样一种不安、紧张、焦虑：表达与话语面临着或置身于其中的世界，其复杂、庞大、混沌足以使任何对它的测绘、定位与描述都陷入无助感。你几乎没有什么可以参照，没有什么把握，或者说相反，参照系太多，就像另一种符号化的现实世界过于浩瀚而失去了独一无二的参照坐标。先前存在着的一切宗教的、神话的、诗歌的、文学的、哲学的表达给整个语言世界都提供了认知参照。那些宗教体系、哲学体系，还有现代诸种被标识为科学思想体系的认识论，交错地横亘在新的表达、话语与世界之间。有时候，我们自身对现实的真实感知就被这样的一些中介物所隔离了。人们想要研究与表达这个世界，可是最终，大多数人发现自己躲进了先前已经建构起来的某个符号表达系统。那个符号系统比眼前的世界显得更具诱惑力，历史上已经完成的符号化表达常常显得意义更自足、更充分；相反，没有进入符号化过程，没有进入表达活动，尤其是没有进入某种宗教的、神话的、道德的乃至美学表达活动的现实，却显得更苍白，更缺少现实性。

在表达活动与现时性之间充斥着过多符号体系的一个结果：我们表达思想时不得不变成对思想史的表达，对观念的表达就是对观念史的表述。这样还好，假如不是由此错过了对我们自己置身其中的社会生活史的体验与反思的话，那些思想史与观念史的表达还是会帮助我们恢复话语能力的。

更为常见的是，在貌似进行关于现时性的表达中，充斥着过多的中介物或符号中间层，充塞着过多已经固化的表征体系，而人们对于现时性的实际体验被一些符号隔离了。因为，说到底，想让我们自身的经验获得符号化毕竟比使用现成的符号体系轻便多了。

表达活动是一种可谬性的实践。在宗教符号中，世界获得了几乎恒定的意义，然而这些表达符号也会在历史的某个时刻逐渐解体。意义从中流失，而唯有艺术符号能够从远古时代穿越解体的力量，保持着它的意义结构。

宗教神话或文学，如同它的符号体系一样，不再能够阐明当下的语境。如果这些符号不再能够阐释新的体验，那就意味着它已丧失了活的隐喻。

理论不能企图在发生着的体验中完成最终的符号化，即将经验彻底主题化，就像运动变化着的现实经验激活的是更复杂多变的体验，它同时也有一副讽刺性的面容：质疑任何最终将世界知识化、客观化的企图。

书写或思考的真实性不意味着最终将流动的生活世界客观化，即通过符号化使之客体化与知识化，那是过去时代里宗教创立者的愿望。就今天而言，历史性的真理只会在紧张、不安的主体性中有片刻的闪烁。

测震仪、避雷针、信号灯，这是一些可作书名的词。但最后一个事物必须加上一个修饰语，比如“变暗的”或“模糊的”。似乎不必在前者加上“失灵的”。在有些短句里，修饰语比名称更具意义。

一个人不能“落后”于时代而批判它。最忌与时代同步。这是一个不再进步，只有重复的世界。

朗诵者最容易遗忘的是：诗歌说话是为了降低音调而非为了提高音调。就颤音和气息而言，气息必须是轻微的，而处在高音区的颤音就不再是一种“心声”。

自由的个体其实在政治、经济层面上的理由并不充分，因为政治与经济直接依赖于共同体的规范。无法分摊的病痛、抑郁、欲望和死亡，为个体的自由提供了负面经验的证明。后者把自由个体引入自由个体的自由联合，从爱的最小的共同体到各种规模的共同体的出现：它导致规范性的诞生。

读完一本书后不久，感受、理解和纷绪万端的思想暗示渐渐模糊了；读了很多年——这些书不是史料，不是文献，也不是数据，而仅仅是心智活动自身，是领悟与自我领悟的练习，因此，读过的书忘记了，印象模糊了，心里变空了。稍觉安慰的是，或许遗忘之后的空是略带空灵的空。

稍觉宽阔：阅读仅仅扩展了空的疆域。是的，不是空无的空，而是空间的空。那些被知识填满的人变成了呆子。

会议、聚餐、应酬式的谈话，透支了生活的热情。而在一个感性被启蒙的环境里，比如在西藏的日子，浑身都能够感觉到意识从其深处的苏醒。

快乐来自于感性经验。而生活和环境愈来愈抽象。阅读古典诗歌证实了这一点：即使离愁别恨也享受着感性事物的在场。后者不期然地提供了安慰。

对诗人之死的哀悼，会转向一种庆典。这是一个诗人诞生的时刻，哀悼与庆典的混合，成就一个民族的节日。遗憾的是，这一时刻在中国诗歌史上从未发生，也永远不可能发生了。诗人之死的信念已经转而成为诗学内部的一个小小幻觉。

一首古典的诗篇，似乎是在用节奏和韵律保温着古老的情感。

一个诗人以另一种眼光观察，以一种新的、个人化的和内心的方式言说，以至于我们不能肯定他是否拥有某种独特的信仰，他是否持续着一种未曾出现亦不会消失的或许暂时依然属于个人的宗教。

在刻着太阳神岩画的岩石上方，出现了几只岩羊，一小群岩羊隐现在岩石与落尽叶子的低矮灌木中，它们在岩石间准确地跳跃到一块又一块光秃秃的岩石上。岩羊或从岩画上方或从下面纷纷越过，像一种神秘的仪式。世界果真如此古老？

民族诗学这个概念是一个富有内涵的概念，或许应该属于民族志与人类学中最具意味的内容。民族诗学所研究的对象属于集体的原始叙事诗、歌谣、传奇，个人尚未署名，个人的创造力与想象力融进了一个民族的集体想象与感知力之中。相对于人文主义的个人情感与叙事，民族诗学对社会环境与宇宙自然具有独特的表达形式。

原始叙事诗、歌谣与传奇，能够定义为一个民族的“记忆”吗？或许这是一种内容丢失、仅余话语形式的“记忆”，就像在仪式中丢失了神话叙事，仅余程式化的、原始行为的白痴般的重复。

当一种“吟唱”风格的话语出现，声音就开始极其欢愉地偏离言语意义的轨迹，向着另一种异质的意义领域偏离。线性的语义不再有什么意义，但意义感并没有消失，而是重新诞生了。语言不再指向语义，而是指向快乐。这是节日的、诗歌的、快乐的和情爱的话语。歌唱风格的话语是语义的享乐，意义的心醉神迷。歌唱所用的不再是符号和词汇，而仅仅是声音的媒介，整个呼吸的肉身就是音素和义素的共鸣。

——咳，在写下这些句子的时候，我似乎感觉到刚刚突然萌发的新的理解力随着句式的放缓而远去了。这就是理解力或话语表达在追寻繁复、混沌的现实性面前的那种学步感。

Ⅷ 论语言、身体与社会

身体语言、手势语、肢体语言，在何种程度上是语言，在何种程度上是行为？作为哑语的手势无疑是一种语言，是一种表意符号。是不是可以说，仅仅用于表达某种意义的身体语言或手势语是一种语言，而直接作用于他者身体的身体语言或手势是一种行为？但大多数场合直接作用于他人的肢体语言、手势、肢体冲突也包含着表意作用。因此，肢体冲突只能理解为一种广义的语言。作为表意的肢体语言、手势或肢体冲突，主要用于爱抚、警告或伤害。

文明是不是意味着，多重场合下直接性的身体语言让位于纯粹的语言符号的表意方式？只因为后者的表意方式更加微妙、更富创造力。纯粹的语言符号的场景依赖要小得多，语言符号将表意行为与表意过程转移到一种虚拟和想象的空间。语言符号的这一功能无疑增加了语言表达的多义性、歧义性，有着特殊的含混或启迪作用。与之同时，语言符号的表意方式也带来了表达者与接受者的不在场，摆脱了表意方式的场景依赖。这一点既可以视为语境的扩展、对语境变易的接纳，也可以视为语境的模糊不清，并由此带来表意功能的不确定性、非直接性。或许语言符号的表意方式导致了意义的“延宕”、意义的漂移。

诗歌是语言符号表意方式的一个极致。诗歌语言最大潜在地使用着语言符号的不及物性、对场景依赖的摆脱，以及对身体语言的直接性摆脱，尽管诗歌语言会尽力“再现”某种场景与描摹某种身体语言。

身体语言在日常生活中的使用依然是语言符号所不能取代的。比如爱抚行为，卢梭在《论语言的起源兼论旋律与音乐的模仿》的开始部分，对身体语言表现得十分钟情，在“手势语言”与“声音语言”的这一区分中，虽然二者同样“源于自然”，但在卢梭看来，手势语言或某种物质符号的表达来得更自然一些。作用于他人之感官的方式，基本上只有两种方式：动作和声音。在他看来，因为眼睛的表现力优越于耳朵，视觉优越于听觉，动作也就优越于声音，形象更富于表现力。关于语言的起源，卢梭有着更为美好的想象：爱造就了绘画。“爱或许也是言语的创造者。”“爱并不满足于言语，它对言语不屑一顾，因为它有着更生动的表达方式。”“对眼睛说话比对耳朵说话更有效。”当然人们还应该给予舞蹈——身体语言、身体符号的使用——更多的赞誉之词。身体作为表意符号在舞蹈者身上、在爱的表达者身上是极富魅力的。卢梭暂时没有考虑仇恨与暴力使用的也主要是手势，以及对手势的物质加强方式。卢梭暂时没有考虑除了情爱的身体语言之外，肢体语言也是最具伤害性的自然语言，即暴力语言。

卢梭说：“古人最有力的表达方式，不是言辞，而是符号：他们不是去说，而是去呈现。”卢梭列举了许多个例证。以色列有个利末人要为亡妻报仇，他没有写信，而是把妻子的尸体切成十二块分送给各处的以色列人，目睹这一惨状的以色列人立刻操起武器进行了复仇。卢梭说："复仇在今天变成了诉讼、辩论，甚至成为儿戏；它有时久拖不决，最终犯下弥天大罪者依然逍遥法外。"

激情犯罪并不是一个罕见的现象，人们有理由担心群体规模或是个体方式的激情犯罪。生命的热情受到伤害或遭遇挫折的愿望所生发的怨恨，产生了激情的可逆性。这就是为什么古典思想传统普遍地把对激情的控制视为一种美德，或只能认可一种被理性首肯的热情。

当然，即便在今日社会，最有力的表达方式依然可以是符号而非言辞。在威胁、警告、恫吓的场景中，符号、物质符号——从拳头等肢体语言到工具语言的刀、枪，到自杀式袭击或自焚的火焰等行为语言——往往比言辞更为雄辩。显然，现在是逻辑犯罪者和激情犯罪者在使用着最有力、最直接的符号"呈现"，而对犯罪的惩罚沦入无力、拖沓的"言辞"。犯罪没有丝毫文明化，仅仅是惩罚本身变得难以接受地"文明"了——仅就西方而言。这似乎是福柯哲学的一个没有被处理的反题。

然而，卢梭意识到了这个深刻的反题：视觉、视觉符号、物质符号与表象及声音、话语之间的差异并非仅仅是视觉直接性的优越性表达："问题一旦涉及心灵之触动、情感之激发，情况便截然不同了。"如果仅仅出于需要，有了身体语言或肢体语言就足够了，就像动物之间的交流方式，而言语的出现不是出于需要而是出于"情感之激发"。

在《论语言的起源兼论旋律与音乐的模仿》最后一章，论及"语言与统治的关系"时，卢梭写道："在古代，说服控制了公众的力量，故雄辩是必须的。如今，公众的力量取代了说服，雄辩还有什么用？说'我高兴这样'时，既无须有言说的艺术，也不必有言说的修辞。那么，怎样的话语依然适合于集会的民众呢？布道。既然没有授予特权，那些布道者何必关心他们能否说服民众呢？大众言语与雄辩术一样，对我们已毫无用处。社会已达到其最终的形态：使社会变革的力量，除了武器与金钱之外，没有其他的东西，既然除了给钱，对民众已无话可说，这也就是说，只好让街角的告示，或者闯入民宅的军人去说话吧，因为没有必要把民众召集起来。相反，必须让臣民们分散，这是现代政治的首要原理。"卢梭的语调充满反讽，也包含着对他著作开始部分，对无声的视觉符号或物质符号的某种颠倒：无声的符号、物质符号的自我循环，构成了社会的"最终形态"，即一种暴力与奴役形态。每一物质符号的含义都是直接的，每一无声符号的作用都是一种决定性的暴力支配，没有隐喻，没有意义的延宕。似乎这是一幅从现代社会返祖原始世界、回到语言起源之前的一个世界景观，然而这就是现代社会的另一面景观。

最后，卢梭写道："一种语言，如果不能让集会的民众听清楚，就是一种奴隶语言；一个民族不可能既维持其自由，又说着这种语言。"

在同样援引了卢梭的上述言论之后，德里达阐释说："当无声的符号以直接性表现出来时，它就成了自由的标志。于是，符号所表达的东西以及通过符号来表达的人就会准确地呈现出来。既不存在迂回，也不存在匿名。当再现的间接性侵入整个指示系统时，无声的符号就表示奴役。通过无限的循环和指称，从符号到符号，从描述者到描述者，在场本身不再有地位——没有人为任何人存在，甚至不为他自身而存在；人们再也不能支配意义，人们再也不能中止意义，意义被纳入了无穷无尽的意指运动中。符号系统没有外观。由于言语已经打开了这个意指活动的深渊，而意指活动始终冒着丧失自身的威胁，因而，当超越了需要而又缺少表达和区别的情感以闻所未闻的方式，即以直接的符号表现出来时，它试图回到考古学的阶段，回到无言的符号的最初阶段。"（雅克·德里达．论文字学．[M]．汪堂家，译．上海译文出版社，2005：341.）

现代意识形态实在是创造出了一种使民众能够听得清清楚楚的奴役性的语言，甚至时至今日已经成为民众唯一听得懂的语言。它靠这种语言维持着惰性制度，尽管它从意识形态语言主导的暴力渐渐转换为“无声的物质符号的语言”所主导的暴力。

“无言的符号的最初阶段”属于非反思的“行为”领域，受制于直接的生存需求层面，或属于概念的单义表达形式，而没有能力将表意过程及其反思过程纳入语言的认知范畴。

然而当认知语言及其表意过程总是不能干预一种社会过程，当大众的语言实践不能得到回应或成为一种社会民主化的推动，人们就会在绝望中重新捡起古老的肢体语言或各种新的和旧的工具语言，即使用那种在革命或骚乱过程中才可能被权力阶级所听到的无言的暴力话语。

福柯思想将权力概念普遍化，并进行普遍化的批判，似乎西方现代社会对权力的法律规范与制衡的完善过程都毫无价值。哈贝马斯对此批评说：“福柯一旦选择在生命政治层面上贯彻并规训权力，也就不会再去关注统治过程在法律层面上的组织形式和统治秩序的合法性。于是，福柯在没有任何根据的前提下得出了这样的印象：资产阶级宪政国家似乎是绝对主义时代的残余物，已经毫无意义。”哈贝马斯认为，福柯是有选择地使权力理论普遍化，他没有运用这一理论解释自由和法律安全的获得过程，以及法治国家的保障在这些领域中的普及过程。由于福柯淡化了“规训与惩罚”历史中的一切法律因素，这阻碍了他对真正需要解释的现象的认识。“在西方社会福利国家的民主制度中，法制化过程中存在着一种两难结构：对假定的受益者的自由构成威胁的，正是保护自由的法律手段自身。福柯从权力理论的前提出发，彻底抹杀了社会现代化的复杂性，致使他根本无法发现社会现代化过程中令人不安的矛盾。”（于尔根·哈贝马斯《现代性的哲学话语》，曹卫东译，第341—342页）福柯的权力理论的选择性还体现在，他对以反对资本主义宪政为幌子的极权主义体制的幻想，他对体现出“卡里斯玛式”魅力的君主运用极权手段贯彻制度化的国家暴力总是一再地心存倾慕。

在哈贝马斯看来，福柯一直在回避主体性概念，却在用意识哲学来消除意识哲学无法处理的问题，他用一种“零碎化的权力化概念”取代了一直没有得到充分把握的“个体的社会化”问题。“只要想用意识哲学的手段来把握自我决定和自我实现，即道德和审美意义上的自由，我们永远只会适得其反、南辕北辙。自我的压制是主客体关系中的自主性的反面，自我的丧失（以及对自我丧失的自恋式恐惧）是意识哲学概念把握的表现性的反面。道德主体自身必须使自己成为客体，表现主体必然会自我放弃，或者出于担心而依附于客体，或者自我封闭；所有这些都与关于自由和解放的观念风马牛不相及，而只是揭示出主体哲学的思想强制性。”（于尔根·哈贝马斯《现代性的哲学话语》，曹卫东译，第343页）

在古典时代，无论出于教化的原因还是出于忌讳，或许出于道德上的谨慎以及微言大义的要求，传统的历史叙事避免将一切发生的事情都加以呈现。历史叙事似乎仅仅在意那些高度道德反思性的、教化性的经验，它将人们生活于其中的整个生活世界加以尽可能全貌呈现的动机，首次出现在现代小说形式之中。要搞清楚个人生活史或生活方式所具有的个别总体性经验，就必须把叙事作为展开生活史的话语手段。现代小说除了对人的生活世界的批判性叙事，也展现了——在个性、命运的意义上——个体所受到的感知与意识领域的不自觉的限制、对个人行为的不自觉的强制，以及“命运”虚假的先验性。现代小说通过个人化的叙事所展现的个人生活史，及其作为背景的社会生活方式的历史，对个人生成经验的方式进行了反思性呈现。现代小说构成了一种针对个人生活史的反思性经验。

就其话语属性而言，现代传媒出于完全相反的动机对生活世界进行叙事：娱乐的而非教化的，肆无忌惮的而非禁忌的，琐屑详尽的而非微言大义的。现代传媒的叙事既不像历史叙事那样探索事件的逻辑，也不像小说叙事那样追求故事语境的复杂性。它不像小说那样关注个人生活史，也没有对人的内在性产生好奇。就其话语属性而言，现代传媒追求的是震惊经验，通常体现在群体事件中，有时也体现在一些象征性的公众人物身上。因此，现代传媒的话语属性是灾难性的，或者说是事故性的，它喜欢呈现的是一幅灾难性的景观。诡秘的是，现代传媒的话语属性又是极度娱乐性的。它很难使整个生活世界和生活实践的世界——就像在古典的历史叙事与现代小说的个人叙事那样——对人们变得真实透明起来。

越来越多的人成为凶手、杀人犯、小偷、盗贼、告密者、中伤者、阴谋者、贪污者和行贿者以及诸如此类的小人，而成功的商人、官员、明星与前述名称混合在一起而无法区分。而且，更可怕的是属于这些人的每一种特性都在潜移默化地混入普通人的心性。一切都在相互混淆。

一个内在价值分崩离析的世界环绕着每一个个体，这就是知识分子的焦虑。每一个物质片断都是意外的暴力。每一种利益需求甚至没有任何需求的时刻都意味着飞来横祸。罪与罚的逻辑链条早已断裂。道德与法律、法律与秩序的链条几乎从未存在过。恶借助金钱建立了自己的秩序。而所有的邪恶行为都属于报复，甚至戴上了为正义复仇的面具。一切都在持续地陷入一场更大的混淆。

站在社会生活之中甚至置身于事变之流，是很难感受到历史的必然性的。一切事件的发生都似乎充满偶然性，而必然性或是事后的观察，或是一种抽象所致。

新的社会伦理早已不是单纯的个人品质问题，不是忠孝或诚信的说教，真实的社会伦理是一种关于人的权利的阐述，是关于人们之间的经济关系和社会分配的伦理阐述，也是关于这一阐述如何成为现代社会建构与制度建设的政治伦理。

如果制度一直跟个人心中的道德律作对，如果每一个良知问题、理性问题都必须由个人独自去面对，那么一个社会一个时代或许只能成就一个近似圣贤的象征性的人物，多数人都会因为负荷过重而无力承担任何一种个人的责任。无论是受害者还是加害者，都在内心获得了集体道德免责乃至法律免责。

道德，或许还有文明，是一个社会授予每个人的一种责任。当个人担当它而又得不到制度保护的时候，沉重到使人不堪重负的时候，它就会沦为集体谎言。道德的最终载体不仅是个人，还是每个人生活于其中的制度形式：制度以法治形式承载着最低限度的道德。当制度是非道德的或干脆是反道德的，个人的道德压力要么变大了，要么彻底消失了。

媒体语言把行为高尚的受害女教师称为“最美女教师”，把生死之际符合职业道德的牺牲的司机称为“最美司机”，以至于还有哺乳孩子的“最美警察”、救助路人的“最美环卫工”“最美女护士”……道德的人与事被普遍地冠以带有美学属性的称谓。媒体语言在宣告，一个普遍审美、普遍美学的时代来临了，它在取代一个普遍道德论的时代。在过去的时代里，通常属于道德或社会伦理评价范畴的人与事，不会用审美的语言或美学概念去论断。而今，人们似乎不再有道德的语言，审美的语言似乎更加符合美学时代的风尚。只有美，只有美的意象或表象才会引起关注。

这是一种短暂的时尚语言，还是预示着一种影响更持久深远的观念形态的转换？无论如何，道德话语、伦理情感及评价的审美化已经预示着一种敏感性的转移，一种价值观的偏移过程。

或许，对道德称美并非全无根据："美德"预示着一个形容词终将出现在德性的前面。荀子所说的"君子崇人之德，扬人之美"意味着"德"与"美"概念的超跌，而"成人之美"却是一种古老的美德。道德话语的美学化使道德感受变得更加轻松，道德评价的美学化似乎使道德实践变成了一项时尚的美差，而这恰好是一种错觉。

世界的美学化是观念上的一种转型、进化，还是道德感受力的蜕化？真的难以判断。许多事态具有同步感。

难道一切经验的最终尺度都将是美学？一切行为都将是一种艺术吗？

或许，一个美学化的时代正在缓慢且面目不清地跌跌撞撞地到来，有时显示为欲望的自足性，有时又披着传统美德的披风。

脏污的不仅是政治，不仅是社会，不仅是道德，还是陈述这一切的语言。对语言的清洗，是一项长时间的工作。需要展开语言揉皱了的褶子，需要创造出新的细微的褶子。这不是一件孤立于写作之外的过程，它伴随着异样的清洗语言式的写作。使语言能够清晰地显现事物和意识的时刻，就是对语言的清洗。

一切概念化的名词都带有自己的引号。一个名词概念通常需要通过加引号使之成为自身的纯粹否定性。事实上，你很难在所有的概念上这样做，但词与词之间更自由的关系制造了引号的效果。它们组织在一起的唯一意义，在于消除它们各自身上的脏东西。

通过文字的力量，弥补写作者的势单力薄，以及在权势与臣服者之间均不受待见的处境。不必在乎自身是否具有远见卓识，只希望在愤怒情状中保持心智的活动。

一个人能够借助自身在社会中的位移、错位、边缘化乃至被拒斥，促进观察的敏锐、思想的深度，创造出一种更贴己、更犀利的话语风格。

隐秘的不安。不能因为写得多而变得喋喋不休。在表达时沉默,在解释与描述的时刻为话语加密。这也是为经验加密,为意义加密。

频繁地使用“仪式”“面具”“宗教”这样一些词汇,但通常是在比兴的意义上。就其事态自身而言,任何严格的仪式都令人厌烦。仪式的重复、煞有介事和千篇一律,都是自由经验的反面。

一个诗人的忠诚属于他的母语,或许这种忠诚还可以在某个瞬间扩展至细雨霏霏中的土地、水井、旧式的房屋、服饰的样式,以及烟雨迷蒙中的生活方式,而不属于任何概念的国家和政权形式。忠诚既不是一个浪漫主义的概念,也不是一个固化的意识形态概念。

一个人有勇气与毅力面对现实而没有变成顽石,但你得每天面对现实,第一千次一万次地面对它而不变成石头:每天面对着粗糙丑陋纷繁的现实而不失掉自身的敏感性。

一种人被流亡，他知道自己有祖国；一种人在自己的祖国，却不知道他从哪里被流放到这里。他的流放不是失去了土地，“而是没有开始的地方”，没有可以回归的故土。他的孤独建立在一种纯粹的否定性上。没有人类关系，没有爱，没有欺骗，没有忠诚，没有承诺，没有背叛，而他却似乎并不真诚地渴望人类关系。卡夫卡日记：“没有祖先，没有婚姻，没有后代，却有着对祖先、婚姻和后代的强烈渴望。他们所有人都向我伸出手：祖先、婚姻、后代，但却离我太远太远。”一个现代人的纯负面的典范。

是的，文学更适合我。再补充一些废话：不是哲学，不是历史，不是政治，不是法学，不是经济学或其他，不是“房地产研究中心”或新成立的“彩票研究中心”那样的地方，仅仅是文学，是无用的诗，是无忌的话语，是表达能力上的自由和无限性。

你无法克制自己写诗，无论面对政治，还是房地产制造的权贵式的繁荣，还是面对彩票制造的平民的幸运幻想。

每天清晨或夜晚写出一个满意的句子，意味着一种个人的仪式，一个人的思想仪式。不是为着直接表达思想，而是为着思想的可能性创造一个修辞，确认——在信息化表达的社会语境压力下——重新确认一种诗学话语的有效性。

这是一个写作者对语言敬拜的时刻。仪式应该尽可能简短。

再也无法满足拥有精美笔记本的欲望，那是起源于少年时期的欲望，对写作和文字的欲望强烈地转移到对一些不忍写字的笔记本的欲望上。而今电脑笔记本使人失去了购买笔记本的正当理由。或许，一个人到了老年可以拥有这样一种怪癖，可以重新购买它们，并写满无人解读的神秘文字。

一个句子最初或许只有极单薄的动机。读者可以逐渐对之修正，补充，添加褶子，如果最终没有被删除的话。

诗学浪漫派转向政治浪漫派的时刻，是真理颠覆自身的时刻。尽管诗人感受到的痛苦是切身的，而其怀有的理念却是一种观念的假肢。我们的痛苦与焦虑是真实的，我们的感受是真实的，然而据此所作的逻辑推论却可以是大谬不然的。昌耀如此，诺瓦利斯也如此。

只有蹩脚诗人才会只表达那些稳定持久的情感，而且，只使用同样稳定的修辞。

一个思想者最终会像一个诗人或艺术家，拥有打开一个感觉世界的密码，一种思想表述与一首诗、一幅画作、一支乐曲相似，出于对话语无效性的抵抗而具有自身的密封性。他不仅拥有自身的密码，还构建了自身的语境。因此，一个思想者独立语境的表达置换到公共语境，或变成可以转述的格言与概念表述时，就变得面目全非。

双重性存在于这里：感性——温柔；感性——残暴。感性与美。感性与残暴。美与暴力。一切自然的事物都具有的双重性：生成性的和毁灭性的力量。生和死。

感性，既通往救赎，也通往罪孽。甚至人们所说的爱也一样。

感性的书写，犹如一种没有延续性的、时常中断的关于救赎的事业，然而表现得如同一种美学上的游戏。

后　记

本套“当代新诗话”丛书，以内化现代、外师古典、融会中西、重构传统为理念，精选当代中国新诗界、新诗诗学界著名学者、诗人、诗学家、诗歌批评家“独得之秘”的“诗话”专著，予以集约性经典展现，以填补海内外当代新诗话出版空白，进而促进现代汉语诗话之研究，现代诗学之发展，及相关学科研究方向与视野的扩展，实现其独特学术价值。同时，也为广大诗歌与文学研究者和爱好者，提供一份别具参考意义与阅读趣味的特色文本。

新诗发煌，耀耀百年。其创作，其研究，皆因“与时俱进”切切而日趋显学之势。及至新世纪以来，各种新诗选本及新诗理论与批评文集，层出不穷，蔚为大观，唯新诗诗话的研究、发掘、梳理与出版，一直荒疏忽视，付之阙如。

汉语“诗话”，向来为汉语诗学、汉语美学之津梁，也是唯汉语世界独有的一种文学艺术批评话语方式。而无论诗界学界，大概不乏认同，百年汉语诗学由传统向现代演进中，仅以影响深广而言，迄今为止，王国维先生的《人间词话》仍为翘楚，一时罕有超越者。此中学理之辩不免纷多，而其隐约一点，或与取道袭古弥新之“诗话”为体不无关系。

作为撬开汉语新文学大门并深刻影响现当代中国文学进程的新诗与新诗诗学，百年激荡，渐趋水静流深，并受时代文化语境嬗变之影响，也开始由一味复制西方诗学体系转而再造汉语诗学传统，先后出现了一批避开普泛诗歌理论与批评论著模式，转以随笔体、断章体、语录体、诗体等“新诗话”形式，对当代中国诗歌美学景观和精神谱系，做另类文体解读的重要文本。

故，值此新诗百年节点，编选出版“当代新诗话”丛书，既填补历史之缺憾，又经营目前之务实，可谓“当春乃发生”之跃跃其时。

本丛书第一套遴选，出于郑重也有赖机缘，先行约得四家诗话：著名学者、诗人、诗学家、翻译家、中国符号学开山泰斗、四川大学文学与新闻学院赵毅衡教授撰写的《断无不可解之理》；当代中国最富原创性和影响力的诗人、作家、诗学家、云南师范大学文学院于坚教授撰写的《为世界文身》；诗人、诗学家、诗歌批评家、河北师范大学中文系陈超教授撰写的《诗野游牧》；诗人、诗学家、诗歌评论家、海南大学人文传播学院耿占春教授撰写的《退藏于密》。四位作者，虽分处南北东西，却拥有可称之为“诗人学者”这一共同背景。学院、学养、学理之外，更有丰富诗歌创作经验与诗学著述经验筑基，艺术感觉明锐，审美趣味独到，问题意识深切，个人风格显豁，而多有独辟蹊径、卓然高致之风范。其书稿，体例风格不求一统，或以诗话形式原创专著，或由原有著述辑录结集，承正脉而别开一界，或可于发端伊始，得多元并举、多彩纷呈之势，以兼求证与鼓舞之效。

作为本丛书策划及主编，甘冒“失格”之嫌，自呈《无核之云》忝列其中，一则不乏前例遮脸，二者拙著本身确系多年潜心探究之得，算得自成一家，无损编选宗旨。尤其能与四位知己道友联袂而行，成此佳话，更是不舍割让，由不得乘便自举了。

策划并主编“当代新诗话”丛书，系编者耿耿在心的半生夙愿。是故，此一动议未果前，遂先行于上世纪 80 年代末及 90 年代初，精心摘辑编选两部语录体式的《西方诗论精华》和《台湾诗论精华》，分别由花城出版社和陕西人民教育出版社出版发行，获诗界学界广泛激赏，至今不乏专信寻求者。之后又乘兴于 1996 年编选一部《诗是什么——二十世纪中国诗人如是说》(当代大陆卷)，以每人十句话形式，征集辑录活跃于当代中国大陆新诗界的老中青三代四十四位诗人之精华诗学论断四百余条，其中绝大部分均由入选者应编选要求专门撰写，弥足珍贵。惜成书由台湾尔雅出版社出版后，一直未能有机会在大陆出版，每每遗憾。

如此苦心铺垫，寂寞以求，终得陕西人民教育出版社田和平先生倾力支持，并有幸获得杨匡汉先生的先期指导和几位同道师友的热忱参与，圆此盛举，在此一并深致谢意！

丛书即将付梓之时，传来陈超尊兄不幸逝世的噩耗，痛心疾首！而其诗话专著《诗野游牧》，也便成了这位对中国当代诗歌与诗学做出杰出贡献的诗人学者的“绝响”之作——“文章千古事”“留得身后名”。斯人远去，遗书传世，愿读者珍惜，诗界珍重！

最后，深心希望本套丛书出版后，能得到读者和学界的青睐与指正。尤其期待的是，能有更多同道师友接力赐稿，再续佳话，以求此系列丛书的编选出版成为当代中国新诗诗学别开一界而影响深远的历史谱系。

沈　奇

2014 年 12 月于西安